VICTORY NOVELS

最強戦爆艦隊

❶死闘! マレー攻略戦

林 譲治

電波社

この作品はフィクションであり、登場する国家、団体、人物などは、
現実の国家、団体、人物とは一切関係ありません。

最強戦爆艦隊(1)

死闘！マレー攻略戦

――もくじ

タイ
仏印
バンコク
カムラン湾
マニラ
フィリピン
サイゴン
南シナ海
シンゴラ
コタバル
マレー半島
クアンタン
アナンバス諸島
シンガポール
ボルネオ島
バリクパパン
スマトラ島
セレベス島
ケンダリー
アンボン
蘭印
マカッサル海峡
スンダ海峡
スラバヤ
ジャワ島
バリ島
チモール島
クーパン
10°
0°
10°
100°
110°
120°

プロローグ　昭和一八年秋、珊瑚海

作戦時間は迫っていた。空母雪鷹《せつよう》の的場《まとば》艦長は重要な作戦を前に、珍しく焦りを感じていた。

この作戦の成否は珊瑚海の制空権のみならず、ニューギニアで作戦中の陸軍部隊の展開にも影響する。猛獣並みに凶暴なジャングルのために日本軍も連合国軍も大規模な地上戦は行われず、ニューギニア戦線は激しい航空戦の現場となっていた。

日本軍にとって航空撃滅戦は、得るところのないジャングルでの消耗戦を回避している点では望ましかった。しかしそれは、この戦いが楽な戦場であることを意味しない。畢竟《ひっきょう》航空撃滅戦とは、消耗戦でもあるからだ。

だからこそ、敵部隊の補給を寸断する戦術が日本にとっては重要になる。我の海上輸送を成功させ、彼の海上輸送を寸断すれば、最前線における国力の差を消し去ることが可能となる。それどころか、日本が物量で優位に立つことも可能だ。

ただし、それも楽な戦いではない。国力の差は厳然として存在するからだ。

最前線での戦力の優位を維持するためには、連合国なら甘受できる失敗も日本軍には許されない。量を質で補うというのは、つまり、そういうことなのだ。

だから的場艦長は、作戦時間が迫っているにもかかわらず、その準備が遅れていることに苛立ちを覚えていた。適切な時間に攻撃隊を発艦できなければ、作戦は頓挫《とんざ》してしまうからだ。

「艦長、カタパルトの修理が終わりました」

現場で陣頭指揮を執る荻島《おぎしま》飛行長から、待ちに待った電話連絡があった。

「ありがとう、よくやった。それで故障の原因はなんだ？」

的場の質問に荻島は、やや言いよどむ。

「油圧カタパルトのオイルの劣化です。一部が変質によって固形化したため、ピストンの弁の開閉ができなかったんです。とりあえず、劣化部分を取り除きました」

油圧カタパルトの故障は、ゆっくりとだが増えている。戦争前に英米から輸入した機械油を使えた時は、変質による故障はなかった。しかし、国産の機械油に切り替えてから、こうした故障は増えている。

確かに品質は一時より改善されているが、それでも化学工業の技術の蓄積の差は一朝一夕では追いつけないのだ。

航空撃滅戦は日本軍にとって、得るところのないジャングルでの消耗戦を回避している点では望ましかった。ともかく、作戦は予定通りに実行できそうだ。

すでに発着機部が流星《りゅうせい》艦爆を飛行甲板に並べ始めている。海軍の軍用機の中で、単発機としては最大の大きさだ。

エンジンに三菱のハ１０４を搭載している関係

で、機体は巨大だが二〇〇〇馬力級エンジンは、急降下爆撃も雷撃もこなす性能を実現していた。

もっとも、巨大というのは相対的な話であり、設計者としては、艦爆と艦攻を一機に集約した機体としては十分に小型との認識だった。

理由の一つは、航空魚雷や爆弾を胴体内の爆弾倉に収納するのではなく、左右の主翼に懸架する方式を採用していた。この方式により着陸脚の扱いが自然となり、機体全体は「大きな艦攻」のようなデザインになっていた。

じつは流星の開発は、戦時下という状況を色濃く反映していた。一見すると平凡に見える直線基調のデザインには、生産性を高める意図がある。

また、中島のハ41（ある時期までは誉《ほまれ》と呼ばれていた）よりも大きなハ１０４の採用により、保守性と信頼性は大いに改善された。

このことは搭乗員教育や整備員教育などの人材供給の面でも重要な要素であった。

海軍は流星という名前の別の機体も開発していたが、誉を搭載し、胴体内爆弾倉やガル翼採用のこの機体は、カタログスペックでは勝っていたが、信頼性の問題と生産性の悪さからほとんど戦力化されていなかった。

雪鷹の艦載機は定数四八機であるが、戦闘機は一六機で三二機が流星である。今回の作戦では戦闘機は四機を残し、一二機が出撃するだけでなく、攻撃機も三二機すべてが出撃する。それは博打《ばくち》であり、しかも負けが許されない博打である。

作戦開始時間となり、まず戦闘機が出撃し、空母周辺で編隊を組む。その後、航空魚雷や爆弾を搭載した流星が次々とカタパルトより発艦していく。大型正規空母でない限り、兵装を完備した流星をカタパルトなしでは発艦できない。

雪鷹は最大速力二六ノットであるから、カタパルトなしで流星を飛ばすには搭載爆弾や魚雷を減らすしかない。しかし、それでは打撃力に欠ける。的場艦長がカタパルトの修理に神経を砕いていたのもそのためだ。

理想を言えばカタパルトは二基ほしいが、さすがに商船改造空母では一基が限界であった。ただカタパルトの存在により、雪鷹のような小型空母でも正規空母並みの働きができることは確かである。それはほかならぬ、雪鷹の戦歴が証明している。

そうしている間に攻撃機も発艦に成功する。的場艦長は、少しだけ肩の荷がおりた気がした。

「あとは出撃機がどれだけ戻るかだ」

空母雪鷹から出撃した攻撃隊の流星の中に、一機だけ魚雷も爆弾も搭載していない機体があった。それは夜襲支援のための電探機であった。大出力エンジンと積載量から電探の搭載が可能となったのだ。

この電探の目的は対空と対水上の両用電探だ。メートル波を用いたタイプで、海外のものより性能は高くなかったが信頼性は勝っていた。

「電探に反応があります。本機の正面、二七浬《かいり》(約五〇キロ)です」

航法席のブラウン管では、自動車のワイパーのように輝線《きせん》が左右に振れている。その画面の中に船団と思われる輝点《きてん》があった。

あいにくとそれらのどれが護衛艦艇で、どれが貨物船であるか、そこまで識別はつかなかったが、それは大きな障害にはならない。確認する術《すべ》はある。

電探機は船団の状況をそのまま本隊に報告する。こうした行為は敵に対して自らの存在を知らせることになるが、そもそも敵船団も電探を装備しているからには、敵も自分たちを発見しているだろう。

ただ、船団は動きを見せない。単機の夜間飛行を偵察と認識しているとすれば、うかつに動いて自分たちの存在を知らせる必要はない。もっとも、敵の電探が本隊を察知すれば、それも無意味な行為となるのだが。

「敵船団は攻撃隊を察知したものと思われる」

電探機は本隊に通報する。

本隊の接近を捉えたのか、眼下の船団は対空戦闘の動きを示し始めた。とはいえ、個々の艦船の上での動きがわかるわけもなく、わかるのは陣形の転換だった。どうやら対潜護衛を優先した陣形だったものを、対空戦闘用の陣形に切り替えているらしい。

ただ、単純な貨物船と護衛艦艇の動きでもない。明らかに守られている側の貨物船のうち、位置関係を変えたものがあるからだ。それらはいずれも大型だ。

「敵船団は仮装巡洋艦二隻を含む模様、各員警戒されたし」

仮装巡洋艦はあるいは言いすぎかもしれないが、対空火器が装備されているならば、相応の警戒はあっていい。

そうして攻撃隊が接近すると、護衛艦艇は星弾を打ち上げる。それにより周囲は明るくなり、対空戦闘の準備ができると同時に、空からも敵船団の姿が見える。

船団の護衛艦艇は、まず高角砲を撃ってきた。米海軍の駆逐艦は主砲が対空戦闘も可能な両用砲なので、対空火力としては侮れない。

この段階では、流星は雷撃隊も爆撃隊も一つの編隊として移動している。船団側はそれゆえに照準器を爆撃隊に合わせる。

米海軍も船団襲撃で雷撃被害は認識していたようだが、流星のように艦爆と艦攻の両方に対応できる機体の存在は認識していないようだった。それは日本海軍にとってありがたい事実だ。


電探機はこの間に船団の側面に移動すると、吊光投弾を行った。専用の照明弾のようなもので、落下傘によりゆっくりと降下する。これによって攻撃する側は、艦船のシルエットをはっきり確認できる。

このタイミングで攻撃隊は分離する。

戦闘爆撃機一二機を含む四四機のうち、一六機の雷撃機が急降下に入った。それは通常の雷撃機の降下とはまったく異なるため、米軍将兵は急降下爆撃と解釈したが、だとすれば明らかに失敗だった。間合いが遠すぎる。ここで爆撃しても爆弾が命中しないのは明らかだ。

攻撃隊の不自然な動きを、米海軍将兵は夜襲により距離の目測を間違えたと判断した。だから対空火器の照準は相変わらず本隊だ。脅威度の低いものを無視するのはセオリーであるが、脅威度を見誤るとその代償は大きい。

最初に攻撃を開始したのは戦闘爆撃隊だった。爆装した戦闘機なので爆弾搭載量は二五〇キロにとどまるが、非武装の貨物船には致命的だ。

爆装したとはいっても戦闘機であり、攻撃機よりは運動性能で勝る。それらは対空火器をかいくぐり、防御の弱い貨物船に一撃離脱の爆撃を行い、そこから急上昇していった。

一二機の戦闘爆撃機による空襲は、夜襲もあって命中率は三割程度であったが、それでも四隻の貨物船に爆弾を命中させることに成功した。

しかし、この攻撃の最大の目的は僚船を爆撃されたことで、船団の陣形を崩すことにあった。船団が崩れれば、護衛艦艇の防御にも死角が生まれるからだ。

混乱した船団に急接近してきたのは雷撃隊だった。左右両翼には、九八式航空魚雷が搭載されている。魚雷としての性能はそれほど高いわけではないし、そもそも必要ではない。速度も航続距離も、流星艦爆が補ってくれる。

すでに水面スレスレを飛行している雷撃隊の流星は、干渉を避けるために二秒の時間差をおいて、左右の航空魚雷を貨物船へと向ける。

電池魚雷なので魚雷の航跡は見えない。だから貨物船も避けられない。

何が起きているかわからないまま、雷撃隊により六隻の貨物船が撃沈し、二隻の駆逐艦が大破した。

混乱に拍車がかかるなかで、急降下爆撃が行われる。すでに一〇隻の貨物船が撃破されているが、残りも一〇隻ほどある。護衛艦艇は混乱のなかで有効な防御を果たせていない。

　そこに流星が襲いかかる。一隻、また一隻と貨物船は破壊されていく。脱出し、本隊から逃れようとする貨物船は、上空からはもっともよい標的であり、そしてそんな貨物船が多かった。

　攻撃隊が任務を完了した時、無傷の貨物船はなく、二隻の駆逐艦と大破した巡洋艦二隻が残された。

「攻撃隊、これより全機帰還する」

　電探機がそう告げた時、無線員は的場艦長の安堵する表情が見えた気がした。

第1章　一三試多用途戦闘機

1

物事が大きく動いた時、あとからそのきっかけを思い返せば、それは驚くほど小さなことから始まっていることがある。

後の太平洋戦争で、日本海軍の航空戦力に少なからず影響を及ぼした新兵器、新戦術が生まれたのは、昭和一二年のある会議からだった。

この時期の日本海軍でもっとも重要と思われていたのは、後に世界最大の戦艦として知られることになる大和《やまと》型戦艦であった。とはいえ、昭和一二年の時点では新型戦艦の名前も決まっておらず、海軍艦政本部でやっと基本設計が完成し、詳細設計が始まるかどうかという時期である。

しかし、この戦艦のために確保された建造予算も前例がなければ、動員された人間は最高機密を維持しつつも着実に増えていた。

それはそうだろう。世界最大の戦艦の建造には万を数える図面を作成し、数千の工員が建造にあたらねばならないのだ。

それと比較すれば、その会議の存在感は海軍内部でも薄かった。小さな会議室に海軍省、軍令部から派遣された担当者が将来計画のすり合わせを行うのであるが、議長役と議事録作成の書記役の下士官を含め、五人しか参加者はいなかった。

「時間になりましたので会議を始めます」

海軍省軍務局第三課から派遣されてきた武田勝《たけだかつ》正《まさ》中佐が、腕時計を見ながら会議の開始を述べる。

彼が議長であるが、書記を除けば四人の会議であり、じっさいは武田と軍令部二部三課の浅川喜一郎《あさかわきいちろう》中佐の話し合いみたいな会議である。なので、次回の会議の議長は武田から浅川に交代する予定だった。

「すでに海軍省にも提出しているが、軍令部としては商船改造空母の性能に懸念を持っている」

議論の口火を切ったのは浅川だった。そうだろう。今回の会議を招集するきっかけは、彼の問題提起にあったのだから。

「まず、商船改造ゆえに空母としては速力が遅い。したがって、航空魚雷を搭載した攻撃機の運用には大きな制限が課せられることが予想される。はっきり言えば、商船改造空母で雷撃は期待できないだろう」

武田はすでに浅川の提出した書類に目を通していたので、その議論には驚かなかった。

この問題は、結論は単純だが背景は複雑だ。

まず商船改造空母と言っているが、その能力は世界初の空母である鳳翔《ほうしょう》より搭載機数も速力も勝っている。そもそも、こうした改造空母は鳳翔の運用経験を織り込んで設計されていたため、性能で勝るのは当然であった。いまは昭和だが、鳳翔は大正時代の軍艦なのだ。

じっさい鳳翔も雷撃機を搭載し、作戦に参加したことは何度となくある。その時代は航空魚雷も比較的軽量だったのと、艦攻が複葉機であるため揚力は確保できたので、このような空母でも雷撃は可能だった。

しかし、昭和一二年の今日は状況が異なる。

複葉機は軍用機から偵察機以外では駆逐されつつあり、戦闘機、攻撃機は全金属単葉となるのが世界の趨勢《すうせい》であった。それは日本海軍も同じで、すでに九六式艦攻などはそうした技術の進歩を織り込んだ機体となっている。

これに対して商船改造空母は違っていた。そもそも海軍軍縮条約をいかにかいくぐるかという点から、有事には商船を短期間の工事で戦力化するという文脈で生まれた構想が、こうした商船改造空母なのだ。

有事に軍艦に改造できる商船を民間が建造するならば、海軍が補助金を出すという形での建造が多い。これらの設計はワシントン海軍軍縮条約やロンドン海軍軍縮条約を意識していたが、空母という軍艦自体がまだ試行錯誤段階であったこともあり、商船改造空母の設計も、昭和一二年今日の水準から見れば古いことは否めなかった。

これを別の視点で言うならば、航空機の急激な技術的進歩ほど艦艇技術の進歩は進んでいないとなろう。

だから、商船改造空母で雷撃はできないという浅川の主張に対して、旧式の複葉機艦攻で雷撃を成功させたとしても意味はない。そんなものが最前線に出撃しても、最新鋭の戦闘機の前では撃ち落とされに行くようなものだ。

「さらにつけ加えるに、商船改造空母では搭載可能な航空機の数が限られているため、有効な打撃力に用いるには限度がある」

浅川のこの意見も先の問題とつながる。黎明期《れいめい》の空母は偵察巡洋艦の一種という側面があり、敵の重要拠点を航空機で偵察するという運用が主要な柱であった。打撃戦力としての価値が議論されるようになったのは比較的近年のことだ。

だから偵察巡洋艦のような運用であれば、二〇機から三〇機の飛行機を搭載していれば問題はなかった。それになにより、航空雷撃で敵艦を沈められるのかという議論にはいまだに決着がついていない。

もっと言えば、戦艦を沈められるのは戦艦であり、だからこそ日本海軍も新型戦艦を建造しようとしている。海軍主流の意見としては、正直、空母艦載機の雷撃にはあまり期待などしていない。

だから武田も浅川の意見書を見た時、最初は、ためにする議論であると思っていた。戦艦と戦艦の艦隊決戦で、商船改造空母の攻撃力など議論しても意味はないと。

だが、どうやら浅川は本気で航空機で戦艦などの主力艦を撃破できると考えているらしい。となると、彼の意見書への解釈もまったく違ってくるだろう。

「最後に、商船改造空母は有事に商船を短期間で軍艦化するとなっているが、我々の調査では改造期間が長すぎる。商船改造の軍艦は、短期間に数を揃えられることが命である。

必要以上に複雑精緻な構造にする必要はない。この点で既存の図面は総力戦の時代には合っていない」

　浅川は、そうしたことを一気にまくしたてた。とはいえ、事実上は武田に言っているようなものだ。

　そして、武田には彼なりの持論がある。軍務局の人間として、彼は軍令部の協力を必要とする案件を持っていた。

「日華事変よりすでに数ヶ月が過ぎているが、拡大する一方で収束の目処は立っていない」

　武田がいきなり日華事変などと言い出したことで、浅川は明らかに面食らっていた。じつを言えば、浅川と武田は海軍兵学校の同期でもある。ちょうど海軍が八八艦隊計画を構想していた頃で、海兵の定員も大幅に増やされた時期である。

　ただし、同期といっても親友というほどのつき合いはない。それでも浅川は、武田が関係ないように見える話から遠まわりして本来の議論に戻ることを知っているのか、彼の話を中断したりはしなかった。

「すでに陸軍を中心に大陸向けの物資輸送は増大し、さらに戦備に関わる輸入も急増する傾向を示している」

　それには浅川もうなずく。すでに帝国議会は八月までに緊急の軍事支出を認めている。その額は満州事変の総額に匹敵する五億円あまりの予算である。軍事費が増えるというのは、物流が増えるということだ。

「すでに海運需要は急増しているが、結果として帝国の船腹量には余裕がなくなりつつある。いまこの状況で第三国との戦争となった場合、海軍は作戦遂行に必要な支援船舶を十分に確保できない恐れがある。

たとえば新型戦艦が完成し、米海軍を撃破できる艦隊を整備したとしても、支援船舶不足が連合艦隊の作戦を掣肘《せいちゅう》するという事態さえあり得ない話ではない」

「船腹量が足りなくなるから、改造空母は増やせないということか？」

浅川は、ここまで「改造空母は使えない」と主張してきたわけで、それに対して武田が「使えないなら増やさなくていいだろう」と理解したのではないかと思ったらしい。

もちろん、浅川の主張は「改造空母を戦力化するためには、いまの設計では駄目だ」であり、それは武田もわかっている。

「そうではない。商船改造空母の数を増やすには、ベースとなる商船の数を増やさねばならないということだ。商船なくして空母なしだ。

軍務局の非公式の研究では、一万五〇〇〇トンから二万トンクラスの商船がもっとも効率がよいという結論が出た。商船と軍艦ではトン数の計算が異なるが、おおむね全長二〇〇メートルが目処となろう。巨大すぎても建造費は増大するし、小型すぎては運用効率が悪い。

水上艦艇にしても、トン単価は駆逐艦がもっとも高く、戦艦がもっとも安い。限られた助成金で建造するなら大型商船こそ有利だ」

「確かにそれだけ大型であれば、改造空母にしても搭載機数の増大や大型機の運用が可能となるか」

「同時に、大型商船を増やすなら、輸送量も増大する。艦隊の支援能力も相応に高くなるだろう」

武田の話に目を輝かせた浅川だったが、すぐにあることに気がついた。

「いまの話は商船改造軍艦の性能向上にはつながるが、数を増やす点ではどうなのか？　計算では二万トンクラスがもっとも効率がいいとしても、それを建造できる造船施設には限度がある。

大型船ほど工期が長いなら、単純に船腹を大きくするだけでは質はともかく、量の問題は解決できまい」

「浅川課員は、艤装《ぎそう》員を経験したことはあるか」

艤装員とは海軍艦艇を建造する時、最初の乗員となる幹部たちのことだ。多くの場合、艤装員長が艦の就役時には艦長となる。

「いや、残念ながらその経験はないが、それが？」

「艤装員経験者ならわかると思ったのだが、軍務局の人間として艦艇建造の現場には何度か立ち会ったが、馬鹿げたことがまかり通っている」

「馬鹿げたこと？」

「同型の駆逐艦や巡洋艦なのに、艤装員が帽子のフックの位置とか艦橋の計器の配置などに細かい注文をつけてくる。帽子のフックの位置が気に入らない程度のことで工期は遅れてしまう。

そして、そんなものを変えたところで戦闘力など、びた一文も改善などしないのだ。同型艦と言うなら、艤装員のつまらぬ要求などはねのけ、すべて完全に同じ艦艇にしなければならん」

「乗員の居住性を改善するのは無駄とは思えんが……」

浅川は武田の主張に何か危険な香りを感じたのか、言葉のトーンも下がる。

「フックの位置のなにが居住性だ。だいたい艤装員がその船に何年残るというのだ？　一生その船で暮らすわけじゃないんだぞ。つまらぬ理由で図面を変えていい理由にはならん」

「すまん、図面を変えないことと、いま話し合っている船腹量のこととは無関係だと思うが」

「無関係な話をするか。関係がある。仮にどこの造船所でも一切の図面変更を認めないとする。配管も帽子のフックも何もかもだ。

だったら、同型艦の艤装品が共通化・統一化できる。つまり、量産効果が期待できる。設計変更を気にしなくていいから、決められた部品を量産できる。船腹の増産を行う前提条件が、これで整う」

「前提ということは続きがある？」

浅川は武田の話の意味がわかると、身を乗り出してきた。

「船主が新造船の建造に慎重なのは、建造費と運用経費の問題だ。まず、量産化で建造費は低下させることができる。一万トンの貨物船の建造費で二万トンの貨物船が手に入るなら、船主としてはどちらを選ぶかという話だ」

「建造費はいいとして、運用経費は排水量相応だろう？」

「排水量相応としても、輸送量が倍なら採算は合う。さらに、優秀商船として機関部をディーゼル推進とすれば、運用経費の多くを占める燃料費を削減できる。有事に燃費が何を意味するか、言わなくてもわかるだろう」

「しかし、商船用のディーゼルエンジン技術はそこまで進んでいるのか」

「我が国でも世界の趨勢に刺激されてディーゼル化は進んでいるし、海外の優秀なエンジンのライセンス生産も行われている。潜水艦用の複雑精緻なディーゼルエンジンを積むわけじゃない。そのへんは技術的ハードルも低い。

そしてだ。ここでも図面の規格化が物を言う。ディーゼルエンジンも完全に図面通りに製造できるなら、船舶主機も安くなる。この件では、すでに逓信省でも検証のために客船建造が決まっている」

　武田は以前からこのことを考えていた。それは艦隊決戦とは別の文脈であり、より海軍戦略に近い問題であった。簡単に言えば、マハンの海軍理論に、より忠実と言えるだろう。

　軍務局員として、彼は海軍力を支える日本の海運業の実態を調査していた。第一次世界大戦後に世界有数の海運国となった日本であるからこそ、海軍力が重要であるとの立場からだ。

　しかし調査するにしたがい、彼は英米につぐ世界第三位の海運国の実態が、寒心《かんしん》に堪えないものであることを知った。

　それは第一次世界大戦による造船拡大にしても鉄材不足や海運需要の急増が背景にあったにせよ、日本の海運業に従事する船舶の質が時代の要求に応えられる水準ではないことだ。

　はっきり言えば、粗悪で性能が低い。じっさい当時建造された船舶で、すでにスクラップにされたものも少なくない。

この問題は直接の監督官庁である逓信省も把握しており、老朽・低質商船を早急に整理し、優秀商船隊で海運業の体質を改善するための施策を試みていた。これは海軍の利益とも一致するとの観点から、武田は逓信省の勉強会にも参加していたのだ。

そうしたなかで逓信省型貨物船の設計が行われ、来週にも第一号が起工される手はずとなっていた。この船は日本郵船の客船で、逓信省と海軍から補助金が出ることになっている。

この客船は船体の多くが貨客船や貨物船などの形で、同型の船体を活用することになっていた。考え方としては、船型の大きな箱に客船や貨物船の箱をはめ込むようなものだ。

だから軍艦に改造する時は、箱を支援艦艇に合うように積み替えるイメージだ。もちろん、現実に箱を組み込むわけではないが、図面としてはそうした部分ごとに独立し、同じ寸法の艤装品を組み替えることで船の性質を変えるわけだ。

じっさいには客船、貨客船、貨物船の三パターンの船型しかない。貨物船が基本であり、それに壁を増やして客船や貨客船にするわけだ。

武田は浅川の書類を読んだ時から、軍令部もこの動きに参加させられると考えた。

浅川の反応を見る限り、その目論見はうまくいくように思われた。だが、彼も武田の思惑通りに動く男ではなかった。

「そうなると、商船改造空母、いや優秀商船による支援艦船確保については目処が立つわけだな」

「そういうことだ。軍令部の協力があれば、より確実になる」

「むろん、軍令部として拒む理由はない。ただし」

「ただし、なんだ？」

「商船改造空母では雷撃機が飛ばせないという問題は、この商船の量産とは別だ」

武田には、浅川の言っていることがすぐにはわからなかった。彼の頭の中は完全に逓信省型貨物船の話で占められていた。改造空母は武田の視点では、商船量産から派生する話でしかなかったからだ。

まして、商船改造空母で雷撃ができないという問題などは、空母の数さえ揃っていれば運用で対応できるものと、武田は漠然と考えていた。しかし浅川は、そうは考えていないらしい。

「雷撃機が飛ばせないことが、それほど重要か？」

武田がそう言うと、浅川は「あぁ、お前もか」という視線を向ける。

「確かに空母で敵戦艦を沈められないという意見は強い。実戦での事例がないという意見もある。しかし、第一次世界大戦が終わってから大規模な海戦もなければ、そもそも戦力となる空母を保有する国が英米日の三国だけでは、事例そのものが期待できない。

ただ、過去の海戦では雷撃で沈められた戦艦は存在する。ならば理論的には、航空機の雷撃で敵戦艦は沈められる。したがって雷撃は重要だ」

武田はその話を聞いて、目の前の書類に図を描いてみる。戦艦と空母を配置し、戦艦の射程外の空母から攻撃機が飛ぶ。

「浅川課員の話は、商船改造空母では九一式航空魚雷を搭載した艦攻は飛ばせないということだな」

「そういうことだ」

武田が書類に何か図を描いたことで、浅川はこの男が次に何を言い出すか、やや警戒していた。

「ならば、商船改造空母から艦攻が発艦できるような軽量魚雷にすればいいではないか。そうすれば、商船改造空母は爆弾も魚雷も運用できる。軽量魚雷でも艦攻を増やして、数で優れれば致命傷を与えられるのではないか」

浅川は口を半開きにしつつも、目まぐるしく思考しているのがわかった。

「軽量航空魚雷か……しかし威力は下がる……」

「九一式は複雑すぎる構造じゃないか。艦攻が高速で敵艦に接近するなら、航空魚雷そのものは高速で遠距離を移動する必要はないだろう。重量の大半は炸薬にすることができる。だから、軽量の割に威力は落ちないようにできるんじゃないか」

「うーん、貴官はよくそんなことを思いつくな。しかし、限られた艦載機が軽量魚雷の艦攻で占められるのも問題だな」

「爆撃なら艦攻でもできるだろ」

「艦攻でできるのは水平爆撃だ。急降下爆撃は艦爆でなければできん。そして、精密爆撃には艦爆が必要だ。軽量航空魚雷はこの問題解決への大きな前進だが、まだ検討の余地があるな」

それでも浅川は、何かを手帳に書きとめる。そこで武田はあることを思い出す。

「そもそも、降下角度四五度以下の急降下爆撃とは、必殺必中の爆撃を研究するなかで生まれたと聞く。昭和初期には戦闘機や偵察機で訓練が行われていたはずだ。

そうであるなら、戦闘機に急降下爆撃を行わせれば、艦爆の問題は解決するのではないか」

「戦闘機での急降下爆撃は実験としては行われているが、戦闘機に搭載できる爆弾は、せいぜい三〇キロとか六〇キロ程度だ。攻撃力として十分とは言いがたい。二五〇キロ爆弾の艦爆の代役は務まらん」

しかし、武田には浅川の主張がわからない。いま話しているのは将来のことではないのか？

「二五〇キロ爆弾で急降下爆撃が可能な戦闘機を開発すればいいではないか」

「なんだと！」

浅川は思わず立ち上がっていた。それだけ武田の意見が衝撃的だったのだろう。

「いま海軍は一二試艦上戦闘機の開発に着手している。その要求仕様をここでは明かせないが、そのような破天荒な要求はしていない」

「いまここで話しているのは、商船改造空母のことだと理解している。一二試戦闘機は艦攻も自由に扱える大型正規空母で運用すればいいだろう。

しかし、商船改造空母を戦力化するという文脈では、戦闘機や航空魚雷について、それらに対応したものを要求するのは決して不合理ではないと考える。

たとえば、戦闘機でも二五〇キロの爆撃が可能であり、軽量航空魚雷が二五〇キロなら、商船改造空母には戦闘機だけを搭載すれば、爆撃も雷撃も可能になるだろう」

　正直、浅川も海軍航空についてそれほど明るいわけではない。彼の主たる守備範囲は船舶なのだ。しかし、浅川は武田の話に衝撃を受けていた。

「一二試艦戦とは別に、一二試艦上戦闘爆撃機のようなものを開発すればいいわけか……」

「話の流れからして、有事になれば空母の数では改造空母が主流になる。だから戦闘機の中心も、この戦闘爆撃機になるはずだ。

　軽量航空魚雷で戦艦は沈められなくても、数が多ければ敵艦隊の巡洋艦、駆逐艦を専門に仕留めてもいいだろう。護衛艦、補助艦を失った戦艦を撃破するのは難しくあるまい」

「あぁ……なるほど……あぁ」

　浅川はあまりの話に、それ以上は言葉も出なかった。

　会議はここでさしたる結論も出ないまま終了したが、この会議の影響はのちのち、日本海軍の戦略をも左右することになるとは、誰一人として予想もしていなかった。

2

「三菱の火星を使うわけですか」

　中島飛行機で軍用機の基本設計を担当していた吉川《よしかわ》技師は上司である曽根《そね》部長より、海軍から提示された『一三試多用途戦闘機』の書類を目にして、そう尋ねた。

「一三試は急遽、決まった計画だからな。予算執行は一三試として行われる。一二試艦上戦闘機は、機体は三菱、発動機は我が社だ。政治ってやつさ。

だが一二試でそうなったら、一三試は、機体は我が社で発動機は三菱。これで貸し借りなしだ。言い換えれば、機体も発動機も中島とはいかんのだ」

いかついいがぐり頭の曽根部長が自分の頭を撫でながら、そう説明する。

部長自身も、こうした政治の話にしっくりいっていないのだろう。戦闘機開発で、三菱と中島が貸しとか借りとかでエンジン選定をするというのは筋が違うというわけだ。

ただ技術者として吉川は、三菱の火星を採用するのは面白いと思っていた。実際問題として、戦闘機であり艦爆でもあるというような飛行機なら、一〇〇〇馬力級のエンジンでは荷が勝ちすぎる。

三菱の火星にしても開発したばかりというが、中島に適当なエンジンがないならば、他社製品で使えるのはこれだけだ。

自社製品でも適当なエンジンは開発されるだろうが、なによりも発注主の海軍が火星にしろと言うなら、火星で考えるしかないのだ。

「どうだ、どんなものになると思う？」

曽根の質問意図は、戦闘機で急降下爆撃も雷撃もできる機体が可能かという意味だ。吉川にもその意味はわかる。

「空戦性能はあまり気にしなくていいだけ楽かもしれません」

「空戦性能を考えなくていいだと……戦闘機で空戦性能を無視するというのか？」

「無視とは言いませんが、空戦性能より攻撃力を優先するということです。

そもそも戦爆連合に戦闘機を配するのは、攻撃機の護衛のためです。しかるに一三試多用途戦闘機は、攻撃機として働くとしても戦闘機です。つまり、自分の身は自分で守れます。攻撃機として働くだけの話で。

そうした攻撃機を護衛する戦闘機ならば、重視すべきは火力だと思いますね」

吉川の説明に、曽根もハッとしたようだった。

爆弾を抱えているとしても戦闘機であるなら、普通の攻撃機のように一方的にやられはしない。むろん、攻撃を受けて爆弾を捨てるのでは本末転倒だが、対応する選択肢は艦爆などより広いだろう。

なによりもエンジン馬力が大きいため、単純計算でも速力では一二試艦戦などと遜色ないはずで、運動性能が多少劣っても速度で対処できる。爆撃を終えたならば、こちらが速度で優位に立てるだろう。

航続力についても、噂に聞く一二試艦戦はかなりの航続力を求められているが、一三試多用途戦闘機は、軽空母の艦載機として航続力はそれほど求められていなかった。

これは軽空母の運用が、大型正規空母の補助として最前線に惜しみなく投入されるからだ。漸減邀撃《ようげき》で軽空母部隊が敵を消耗させ、艦隊決戦で大型正規空母が敵艦隊に引導を渡すという構想による。

ただ曽根部長の説明では、そうした運用はあまり考えなくてよいという。

「商船改造空母の艦載機を意図しているが、海軍は一三試と並行して改造空母の量産実験もするらしい。詳しいことはわからんがな。

　なので、改造空母の運用については研究段階だ。数が揃えられたら戦術も変わる。とりあえず我々は、要求仕様の航続力で考えればいい。仕様変更の要望があった場合は、そっちは俺のほうで対処する」

「ありがとうございます」

　曽根部長は見た目と違って、部下に自由裁量を与え、責任は自分が負うという人だ。それだけに吉川も期待に背けないと思う。

「エンジンが火星なら胴体の直径が太くなるので、視界の確保が一番の課題になると思います。特に急降下爆撃となると、下方視界の確保ですね。

　おそらく操縦席の両脇を深く切りこめば、なんとかなるでしょう」

「武装はどうする？」

「一二試に合わせることになると思います。銃弾に互換性を持たせたいですから。ただ状況によっては、一二試より重武装にするのもありだと思います。駆逐艦程度は銃撃で対空火器を黙らせるくらいの弾の雨を降らせるわけです」

「そこまでは要求仕様にないぞ」

「そうでしょうが、余力としてです。まぁ、図面も引いてませんからね。現段階では、考えられる可能性は検討しておきたいのです」

「なるほどな」

　吉川は曽根部長が部屋を出ていってから、改めて一三試多用途戦闘機の仕様を検討してみた。

　戦闘機に艦爆並みの急降下爆撃性能を持たせろ

という、ちょっと見ると破天荒な要求だが、吉川は一二試艦上戦闘機よりも無理がない戦闘機が可能だと思った。

一二試艦戦の要求仕様は、速度と重武装と運動性能と航続力の四つを要求するものだったが、それらは矛盾する要求であった。速度と運動性能は機体が軽いことを要求し、重武装と航続力は機体が重くなる要因だ。

これらは両立しない条件だから、最終的にはどれかの条件で妥協することで仕様はまとまるはずだ。ただ、そこまでには多くの紆余曲折があるだろう。

一方で一三試多戦のほうは、戦闘機で急降下爆撃も行うという点こそ技術的なハードルは高いが、それでも爆弾を抱えたまま空戦を行えというわけではない。要求仕様に明確な矛盾点はなく、そこは理詰めで設計可能だろう。

一つ気になるのは、戦闘機としての性格が軽戦なのか重戦なのかが曖昧なことだった。

仕様書には特に明記されていないが、吉川技師はこの戦闘機がいわゆる重戦闘機の系譜になると理解していた。大馬力の火星を搭載するからには、重戦となるのは避けがたい。

とはいえ日本の場合、陸海軍ともに戦闘機乗りは軽戦至上主義なところがあり、一二試艦戦もまた軽戦であった。だが技術者の目で見れば、世界の戦闘機の流れは明らかに重戦を志向している。翼面荷重は減少傾向にあるのだ。

海軍航空本部に、軽戦から重戦に移行するための中継点として一三試多戦を開発する意図があるのか、艦爆の能力も期待した結果、たまたま重戦志向になったのかはわからない。仕様書はそこが曖昧だ。

ただ、保守的な搭乗員に受け入れられるためには、そこそこの空戦能力を保証する必要がある。仕様書の曖昧な部分に対して安全策をとるなら、そこが隠れた技術的なハードルとなる。

吉川は机の上に置いてあるケント紙で作った紙飛行機を手に取ると、仕事場で飛ばしてみる。全金属単葉機をイメージしてあるが、特にモデルはない。考えをまとめるために飛ばすものだ。

一三試多戦は、空戦性能よりもまず艦爆として使えるかどうかが重要だろうと、吉川は考える。艦爆になるかどうかが仕様書の一番の要求だからだ。

最悪、戦闘機としては失敗でも、単座艦爆として軽空母などに載せることは可能だ。単座機なので複座の艦爆より小型であり、軽空母なら艦爆より二、三機多く載せることも期待できる。

ならば、そこそこ海軍にも買ってもらえるだろうし、あるいは海軍が駄目でも陸軍に小型襲撃機として売り込むことも考えられる。

これが艦爆にもならず、要求されてもいない重戦闘機で終わりましたでは、海軍にも陸軍にも売り物にはならない。

吉川は紙飛行機を急降下させ、その下方視界の位置や飛行特性を自分の中でイメージする。じつは、吉岡は飛行機の操縦もできる。それは練習機程度の経験であるが、搭乗員の視点は理解できるつもりだった。

紙飛行機でもそうだが、急降下では何もしないと速度が上がりすぎる。模型なら床にぶつかっても先端が曲がる程度だが、実機なら搭乗員の命に関わる。

だから、艦爆には急降下時の速度を抑制するためのダイブブレーキが必要だ。最近、九九式艦爆として愛知時計機械の艦爆が制式採用されたが、あれにもダイブブレーキはあった。

そこまで考えた時、吉川は閃《ひらめ》いた。

一三試多戦のダイブブレーキを補助翼と併用すれば、艦爆の速度抑制ができると同時に、戦闘機としては翼面荷重を上げることで運動性能を改善できる。

いままで戦闘機と艦爆の条件は、重戦闘機の空戦特性改善という形で矛盾を含むと思っていたが、そうではない。むしろ、ダイブブレーキの補助翼化により両者は矛盾せず、それどころか必然とさえ言えるのだ。

「これは傑作機が生まれるかもしれん！」

吉川にはその予感があった。

3

一三試多用途戦闘機の開発が中島飛行機で進められている頃、軍務局の武田中佐は海軍航空本部の山之内《やまのうち》中佐の訪問を受けていた。内々の相談ということで、海軍省ではなく横須賀の水交社の一室を借りることとした。

「単刀直入に言いますと、軽量航空魚雷開発に関する予算申請に軍務局の協力をお願いしたい」

「軽量航空魚雷ですか……」

浅川との商船改造空母に関する話し合いからしばらくして、武田の周囲は忙しくなっていた。

浅川があの会議から衝撃を受けたのか、軍令部に改造空母に関する勉強会が生まれ、その流れで逓信省式貨物船の計画が具体化し、海軍省もそれに合わせて各方面が動き出すようになった。特に武田課員は、あちこちから意見を求められることが増えた。

一つには日華事変により海軍予算も制約がなくなり、必要な研究が認められるようになったことが大きい。多くの研究が予算面で停滞していたのである。

そうした流れのなかで、商船改造空母でも利用できる軽量航空魚雷の研究も始まった。武田は山之内の話をそう解釈した。

ただ、それならわざわざ人目を避けて話し合う必要はない。胸を張って武田と会えばいいのである。そこが彼にはわからない。

「じつはこの軽量航空魚ですが、爆弾の研究として行いたい」

山之内の話に武田はますますわからなくなる。

「魚雷と爆弾は別物でしょう」

武田はそう言ってみるものの、それくらいの道理は山之内が十分理解していることもわかっている。わからないのは真意だ。

「別物です。だからこそ、爆弾として開発したい」

そこで山之内が語ったのは驚くべきことだった。日本海軍では、魚雷開発の管轄は艦政本部であった。駆逐艦や潜水艦を管轄するのが艦政本部であり、それらの主要な武器が魚雷であるのだから、艦政本部がそれらも管轄するのは当然のことだろう。

ところが、艦船とは関係ない航空魚雷については、その管轄は艦政本部にあった。なぜなら、航空魚雷も魚雷であるからだ。

海軍航空がまだ実験段階の大正から昭和初期なら、それでもよかっただろう。そもそも航空機で雷撃が可能かもわかっていなかった。

しかし、昭和も二桁を迎えたいま、航空戦力は海軍軍備の三本柱の一つになろうとしている。だが、航空魚雷が艦政本部管轄であることで、生産発注は言うに及ばず、航空魚雷の実験さえも艦政本部の掣肘を受けるのが現実だという。

「はっきり申しまして、艦政本部は空母の開発には熱心ですが、載せる機体について興味があるとは思えない。公然と口にはされませんが、艦政本部にとって、艦艇を追いやりかねない航空戦力の増強は脅威でさえあるのです」

そこまで聞いて武田も山之内の真意を理解した。航空爆弾は艦政本部管轄ではないため。爆弾の一種として軽量魚雷開発を認めてもらえれば、それを足がかりに航空本部が独自に航空魚雷を開発するための既成事実を積み重ねることができる。

いざとなれば、軽量魚雷をスケールアップして○○式軽量航空魚雷改として、普通の航空魚雷にすることとさえ可能だ。むろん、それは艦政本部に喧嘩を売るようなものだが。

「なるほど、お話はわかりました」

「どうでしょう、海軍省軍務局で認めていただけますか」

　武田の心情としては、山之内の言い分はもっともで、聞き入れてもいいとは思う。しかし、海軍省軍務局の人間の立場としては即答できない。

　まず仕事の手順として、艦政本部が航空魚雷をどうしたいのか。それを確認せねばならない。彼らが航空魚雷なら航空本部に所管を移していいと言うなら、そうするのが最善だ。

　それ以上に武田が気になるのは、航空魚雷を手に入れるために、それを爆弾として扱うというようなことが前例となり、ほかの海軍官衙《かんが》でも行われるようになった場合の影響を考えてしまうのだ。

　各部門が所管や管轄を定めているのは、他部門に意地悪をするためではなく仕事の合理化のためだ。「潜水艦に魚雷がいるから、潜水艦も魚雷も艦政本部が扱うのが合理的」というような論理で所管が決まる。

　航空魚雷に関しては、状況の変化に合わせて過去の所管を見直すかどうかという問題である。見直しを放置して抜け穴を探すようなやり方は、やはり海軍としては容認すべきでないだろう。

「この問題の根本は、航空魚雷の所管を時代と状況に合わせるということですね。所管の移動がうまくいくなら、爆弾として魚雷を開発するようなおかしな真似はしなくてすむ」

　山之内は軍務局の人間が、所管の移動という厄介な問題を解決する姿勢を示したことに驚いていた。

「そう願えれば、それに越したことはありません！」

こうして武田は艦政本部との折衝にあたることになった。だが折衝にあたってわかったのは、艦政本部の頑《かたく》なな態度だった。

「魚雷は長年の技術的な蓄積がなければ開発できるものではなく、艦政本部から航空本部に所管を移しても、開発などできるはずがない」

それが艦政本部側の意見であった。それはつまり、艦政本部としては航空魚雷開発に関して航空本部の協力も受けなければ、意見も聞き入れないということだった。

航空隊は提供される航空魚雷を使えばいい。そういうことだ。

武田もさすがにこうした艦政本部の対応には憤りを感じたが、軍務局だけの働きかけで状況が改善するとも思えなかった。

そこで彼は軍令部の浅川に相談した。浅川は航空畑の人間だけに、こうした問題についても知っていた。

だが、彼の目下の課題は商船改造空母の質と量の確保にあり、航空魚雷の所管までは手がまわらなかった。そもそもそれは海軍省内部の問題であり、軍令部が容喙《ようかい》すべき問題ではないとの意識もあった。

ただ、浅川は彼なりに艦政本部には思うところがあったらしい。武田の話を聞くと改めて書類などを用意し、二人で艦政本部に赴いた。

「軍令部としても軽量航空魚雷の開発には関心を抱いている。艦政本部が開発できないということであれば、海外からの試験的な導入もやぶさかではない。たとえば、イタリアにはそうした魚雷があると聞く」

浅川は軽量魚雷開発の遅れを艦政本部の責任として責め立て、国産で無理なら海外からの調達をほのめかす。

艦政本部の担当者は、そうした非難を不当なものと主張したが、浅川から「魚雷はすべて艦政本部の管轄ではないか！」と言われれば反論はできない。それは艦政本部が航空本部に主張してきたことだからだ。

打ち合わせ通りに、ここで武田が両者の仲裁を行い、話は軍令部と艦政本部の妥協点を探る展開となった。

「軍令部としては、必ずしも軽量航空魚雷に固執するわけではない。通常の航空魚雷がそのまま使えるなら、それに越したことはない。

しかるに艦政本部は、この問題に関してまともに取り組もうとしなかった。商船改造空母で雷撃機を発艦させる研究でさえほとんど行われていないのが実情だ。

だが、そうした運用が可能となれば、あえて軽量航空魚雷の開発を行う必要はないと考える」

「軍令部三課の浅川中佐の意見に対して、軍務局三課の人間として艦政本部に尋ねるが、そんなことは日本の技術で可能なのかね」

武田は、やや挑発的な表現で艦政本部の担当者に確認する。

「軍艦の偵察機を飛ばすのに射出機を用いているが、空母にもっと大型の射出機を装備すれば、商船改造空母でも雷装した艦攻の発艦は可能と考える」

　担当者はそう言ったものの浅川は納得しない。

「それは言うほど簡単な技術ではあるまい。そうであるなら、とうの昔に実用化されていたはずだ」

「そんなことはない。技術的には解決可能だ！」

　艦政本部側はいささか感情的になっていた。

「ならば、こうしよう。艦政本部は商船改造空母用の射出機を開発する。それに成功するならば、軽量航空魚雷の開発は中止してもいいだろう。必要がなくなるわけだからな。

　しかし軍令部としては、商船改造空母の戦力化に対して艦政本部の言い分だけを根拠に、手持ちの駒をすべて艦政本部に賭けるわけにはいかん。保険の意味で、軽量航空魚雷の研究は行うべきだろう」

「艦政本部に両方開発しろというのか」

「そうじゃない。艦政本部には射出機に専念してもらわねばならん。それにだ。射出機が成功すれば軽量航空魚雷が不要という話であるなら、艦政本部にそちらも開発させることは、明らかに無駄な開発を行わせるだけでなく、利益相反の問題になる。

　したがって研究開発に限り、軽量航空魚雷は航空本部に委ねるべきだと思うが、どうか？　魚雷としての性能は低いために爆弾の一種として研究するなら、艦政本部も問題はあるまい」

「あくまでも航空本部が担当するのが爆弾の研究開発に限るなら、艦政本部としてもそれを認めることにやぶさかではない」

「よしっ！　これで決まった！」

4

一三試多用途戦闘機は、野心的な航空機ながらもエンジン馬力に余裕があり、無理のない設計を実現できたことで、試験飛行も順調にこなしていった。もっとも、試作機での飛行試験では多くの改修意見も出たが、それは新規開発にはつきものだった。

たとえば、胴体の窓の切り欠きを風防よりもさらに下げたことは、火星エンジンを搭載した太い胴体と相まって、外見上はかなり特異な印象を与えた。

ただ、じっさいに操縦桿を握った者たちは、太い胴体の戦闘機が、この切り欠きのおかげで良好な下方視界を確保できていることを認めざるを得なかった。これは急降下爆撃の試験の時にも大いに評価された点だった。

評価が搭乗員により大きく分かれたのは戦闘機としての能力で、これは軽戦をよしとするか、重戦を認めるかという問題でもあった。

重戦闘機派は、一三試多戦の重武装と高速、上昇力を一撃離脱戦法に最適の戦闘機と評価した。対するに軽戦闘機派は、この戦闘機の重戦志向をマイナス面と捉えていた。

それでも、純粋に一三試多戦の運動性能を評価した場合、軽戦闘機派の評価はそこまで悪くなかった。ダイブブレーキと併用したフラップの効果が、重戦闘機の空戦性能を予想以上に改善してくれたからだ。

軽戦派の意見も「自分から選んで乗ることはないが、命令で乗れと言われたら乗りこなせる」というものだった。一言でいうならば、重戦闘機にしてはまし、ということだろう。

商船改造空母からの離発着試験もあった。それが最後の試験であったが、理由は細目に土壇場まで変更があったためだ。

一つには商船改造空母用のカタパルト発進という項目があったのだが、機械的トラブルにより中止となっていた。

それでも調子よく動く時があり、その時には爆装した一三試多戦は発艦に成功している。ただ艦政本部の油圧式カタパルトには、まだ信頼性の面で克服すべき課題があるようだった。

また、軽量航空魚雷の投下試験も行われるはずが、やはりカタパルトの不調から中止となった。どうもカタパルトの開発と軽量航空魚雷の開発には色々な因縁があるらしい。吉川技師としては、その背景よりも一三試多戦の完成度を高めるほうが重要だった。

こうして一三試多戦の制式化の目処が立った頃、曽根部長が新たな話を持ち込んできた。

「一三試多戦の経験を活かして、艦攻と艦爆を統合する攻撃機はできないか？」

最初、吉川にはその意味がわからなかった。一三試多戦なら爆撃も雷撃も可能だからだ。もちろん、雷撃は軽量航空魚雷だが。

「じつは軍令部筋からの内密の打診だ。商船改造空母のカタパルトの実用化が進んでいる。それで軍令部は、艦爆と艦攻を一つの機体で併用するという構想を出してきた。

一三試多戦以上の攻撃力を持たせる。機体の左右両翼に二五〇キロ爆弾、もしくは軽量航空魚雷を搭載する。つまり、五〇〇キロの打撃力だ」

おそらくカタパルトと一三試多戦の成功から、より攻撃力を増した攻撃機という発想になったのだろう。確かに戦闘機でなんでもやってしまうより、ずっといいだろう。単座機ではやはり制約も多い。

「ここだけの話、海軍航空本部は艦政本部のカタパルト開発の遅れを利用して、軽量航空魚雷の量産化を既成事実化したいらしい。だから、専用の攻撃機が必要だ」

「それで、九一式一本ではなく軽量二本という話なんですか？」

なんとも面倒くさい話に思えてきたが、それはそれとして、艦攻と艦爆の一本化は航空技術者として興味がある。

「やってみましょう。面白そうだ」

第2章　商船改造空母の初陣

1

「これでは空母というより物干し場ですな」

空母雪鷹の飛行長である荻島中佐は、的場艦長と飛行甲板の上を歩きながら、その光景に呆れていた。

空母雪鷹は基準排水量二万四〇〇〇トンの商船改造空母で、平甲板式ではなくアイランドを有していた。速力こそ最大二六ノットだが、それ以外は飛龍《ひりゅう》や蒼龍《そうりゅう》に匹敵する中型空母だ。

しかし、いまは飛行甲板全体に木の枠組みと布が展開されていた。飛行甲板を歩いていると、甲板の上にサーカスのテントが広げられているような錯覚に襲われるが、もちろんサーカスが行われるわけではない。

空母雪鷹を偵察機から観察すれば、布に迷彩が施されていることもあり、客船のように見える。低空に接近すれば偽装であるのは明らかだが、通常の偵察機はそこまで低空に接近しない。

もちろん、偵察写真を丹念に分析すれば、病院船大雪《だいせつ》が空母であることは明らかになるだろう。しかし、それはいいのだ。明日の分析で明らかになった頃には、大雪が病院船ではなく空母であることを彼らは実戦の形で知ることになるのだから。

「物干し場はいいが、発艦準備にどれだけかかる？」

「最初の二機は一分以内に、三機目以降は五分後です。洗濯物をたたまねばなりませんから」

「海に叩き込むんじゃ、駄目なのか？」

「それも試験的にやってみましたが、海に投棄するのもでたらめではかえって時間がかかります。手順にしたがって収容するのが、一番時間がかかりません。ただ空母は大きいので、どうしても五分かかります。風速があるなかでの作業なので」

それに航海長から、むやみに大量の布を捨てれば自分らの活動を気取られるし、スクリューに巻き込まれる可能性があると指摘されました」

「なるほど、三宅《みやけ》航海長が言うのももっともか」

「カタパルトの近くに一式戦爆を二機待機させれば、この二機は即時出撃できます。爆装は無理ですが、緊急発進が必要なのは戦闘機なので問題はないはずです」

「なるほど。戦爆が二機あれば時間は稼げるか」

「というより、戦爆二機で片がつかない相手など、開戦前に出くわすものじゃないでしょう」

荻島飛行長と的場艦長が話している戦爆とは、一三試多用途戦闘機と呼ばれていたものだ。当初は多戦と呼ばれていたが、戦爆のほうが勇ましいという意見により、一式戦爆として制式化と同時に名称が変更された。

じっさいは制式化前に実戦配備は進んでいたが、零式艦上戦闘機と同時期に制式化では混乱するということで、一式になったという経緯がある。これには日華事変の中で、一式戦爆が局地戦闘機として基地防衛の戦力になるという報告が相つぎ、三菱に開発を命じていた局地戦をどうするかという問題も絡んでいるらしい。

現場の人間としては、航空本部や赤レンガの利害調整の苦労など関係ない。それよりも戦爆が使える飛行機であることのほうが重要だ。

「いずれにせよ、日が沈んだら解体だな」

「それまで何もなければいいですな」

荻島は天井に広がる布を見ながら、そう言った。

2

空母雪鷹は昭和一六年一二月の時点で、すでに艦内編制も完結し、基礎訓練も終えて空母として活動していたが、日本海軍の艦籍簿にその名前はなかった。ただ病院船として活用するため、海軍と傭船契約を結び、改造のために呉海軍工廠に入渠しているとなっていた。

当然、傭船契約では雪鷹ではなく、日本郵船の大型客船大雪丸である。大雪丸は逓信省型優秀商船であり、この型の商船は逓信省の指導により山岳の名前を冠するのが定例となっていた。

ちなみに大雪は北海道の大雪山から来ているが、一番船から順次南下して山の名前をつける方針で、二番船は函館山から命名して函館であった。

雪鷹は編制としては小澤《おざわ》艦隊の傘下にありながらも、表向きの配置は支援部隊の病院船であり、決して空母ではない。このような面倒なことを行うのも、マレー半島侵攻作戦が迫っているからだ。

東アジア情勢が不穏ななかで、英米両国が日本軍の通信傍受を必死で行っているのは間違いない。そのなかで作戦部隊の行動を気取られないため、こうした工作を行っていたのだ。

だから、空母雪鷹は小澤艦隊司令部直率の軽空母でありながら、作戦のギリギリまで単独行動をとることを要求されていた。

病院船がタイに寄港し、南部仏印に向かうというスケジュールは秘密扱いであったが、容易に探ることはできた。それぞれの港では入港予定は公開であったし、物品の調達に関して納品先が病院船大雪であることを調べるのもさほど難しい話ではない。

芸が細かいのは、病院船大雪に関して「陸軍が遮断した援蒋《えんしょう》ルートから入手した小銃や機関銃が蘭印の民族主義者に提供される」という噂が流されていたことだ。蘭印総督府が日本への石油供給を認めない場合には、これらの武器が手渡されるというのである。

この噂は、陸海軍が想定していた以上に各方面に影響を与えていたらしい。たとえば、日本とは良好な関係を維持していたはずの仏印総督府から「民族主義を刺激するような行動は、日仏友好のためにも控えてほしい」との文書が、現地の日本軍司令部に手渡されるということが起きていた。

イギリス政府からも、日本政府に対して「極東情勢をいたずらに緊張させるような行動は慎んでもらいたい」との声明が出された。もっとも、大本営海軍部の判断としては、政府声明は声明としてイギリス軍は動かないと見ていた。

それは昨年一月に浅間丸事件があったためだ。

公海上でのイギリス軍艦による浅間丸の臨検は、国際法にそったものであったが日本の世論は激しく反応した。ヨーロッパの戦場で独伊と死闘を続けるイギリス軍にとって、アジアで日本と事を起こすのは得策ではない。

そのことを端的に示しているのが、蘭印総督府の日本政府への非難であった。

彼らは「病院船といえども武器の密輸に従事した場合、国際法上認められている病院船の権利はすべて失うものと覚悟すべきである」と主張し、病院船大雪が蘭印領内で発見された場合、拿捕《だほ》すると宣言していた。

要するに植民地宗主国にとって、病院船大雪の動きは看過できるものではないものの、艦艇部隊を投入して行動を阻止するという動きも、またなかった。もともとが蘭印の石油に関する交渉のなかで出てきた話であり、日本側の挑発という見方もあるらしい。

挑発でないとしても、いまここで、アジアで武力紛争を起こすのは得策ではない。オランダ政府がイギリスに亡命政府を立てている状況からも、対応には慎重であるべきというわけだ。

だから「蘭印に入れば拿捕」とは、「蘭印に入らなければ何もせず」ということであった。ただ、偵察機が飛んでくる可能性があり、そのために空母雪鷹は病院船に見えるような偽装をしていた。

しかしいまのところ、偵察機が現れる兆候はない。

すでに一二月二日一七三〇には、連合艦隊司令長官山本五十六《やまもといそろく》の名前で「ニイタカヤマノボレ一二〇八」が発令されていた。

この段階で、海南島の三亜には第二五軍を乗せた輸送船二〇隻が集結しているほか、サイゴン方面にも七隻の輸送船が待機していた。

一二月四日の時点で、小澤艦隊は三亜の輸送船を護衛（ただし鈍足の二隻は先行させていたので、出発時には一八隻）しつつ出発し、翌五日にはサイゴン方面の七隻も錨を上げた。

小澤部隊は六日に、カモー岬沖のシャム湾で合流していた。そして七日の今日、午前中はバンコク向けの偽装航路を進み、その後、編制を解いてマレー半島東岸の八箇所に分進する。

上陸開始は時計が七日から八日になる頃だが、空母雪鷹はその頃に英領コタバルの上陸部隊を支援するため、部隊と合流することになっていた。

もっとも、合流というのは言葉のあやで、雪鷹も作戦に参加するという程度の意味だ。空母雪鷹は輸送船団から少なくとも一〇〇キロは離れており、作戦に参加するのは四八機の艦載機である。

この四八機はすべて一式戦爆で揃えられていた。対艦戦闘の可能性が高くないことと、彼らの目的が上陸した陸軍部隊の航空支援にあるためだ。これはマレー作戦が、部隊が侵攻する道路や鉄道の確保により作戦の成否を左右されるためだ。

陸軍部隊と連携し、待ち構える敵軍を空母の航空戦力で排除する。これには急降下爆撃と制空権確保ができる一式戦爆こそふさわしい。同一機種で揃えられることは、補給整備面で大きなメリットでもある。

じつを言うと、雪鷹には一式戦爆以外の飛行機も一機載っている。それは九五式水上偵察機のフロートを取り外し、固定脚にして九五式偵察機としたものだ。

海軍軍令部や海軍省軍務局は、商船改造空母には一式戦爆しか載せたくない節があった。それでも単座機の偵察能力には不安もあり、軽空母といえどもそこそこの偵察力は必要ということで、既に二線級になりつつあった九五式水上偵察機を艦載機としたのである。

とはいえ、九五式水上偵察機は複座偵察機としては傑作と言われる機体で、偵察能力の向上という点では十分にその目的を果たしたと言える。

いま大型正規空母六隻は真珠湾に向かっており、このマレー半島侵攻作戦には基地航空隊こそ充実しているもの、空母戦力はこの雪鷹しかない。

一二月八日の時点で、雪鷹型商船改造空母で就役(ただし作戦の秘匿のため作戦開始までは商船の名前で呼ばれている)しているのは、二番艦の雨鷹《うよう》と三番艦の嵐鷹《らんよう》の計三隻であった。

雨鷹はフィリピン攻略作戦に投入される予定である。三番艦の嵐鷹は現在錬成中であり、年明けの蘭印の油田攻略が初陣となるはずだった。

雪鷹と雨鷹は逓信省型貨物船を改造したものだが、三番艦は工事途中で空母への改造が行われ、四番艦以降は逓信省型貨物船の船型や艤装を踏襲しつつも、最初から空母として建造されている。

こうした状況であるため、油田確保という作戦目的に関して言えば、商船改造空母三隻を投入できる計算だった。ただし、戦火で失われないという条件付きだが。

一二月七日の夕刻になっても、空母雪鷹は偵察機にも艦船にも接触することはなかった。ただ、病院船大雪について蘭印総督府をはじめとして周辺が神経をとがらせているのは的場艦長にもわかった。

それは蘭印からのラジオ放送が領海警備を強めたという放送を流していたり、蘭印で邦人の身柄拘束事件が起きたというシンガポールのラジオ放送などのメディアの動きだ。

邦人の身柄拘束事件を蘭印総督府ではなく、シンガポールから報道するというのは、この方面におけるオランダとイギリスの連携の強さを印象づけるためだろう。

また、小澤艦隊の上位部隊である第二艦隊司令部からは状況分析も送られていた。シャム湾の小澤艦隊について、イギリス海軍の偵察機もその存在に気がついたという。短時間ながら接触があったというのだ。

しかし、この偵察機の報告はイギリスやオランダを混乱させているらしい。タイに向かっている日本艦隊と病院船大雪の関係がわからないためらしい。

どういう経路で入手した情報からの判断なのかはわからないが、イギリスやオランダは、タイに部隊を前進させることで、病院船大雪への蘭印総督府の動きを牽制しようとしていると解釈している。それが艦隊司令部の分析だった。

つまり艦隊司令部の分析としては、病院船大雪は蘭印から日本への石油供給の交渉を認めさせるためのものと、蘭印総督府は解釈しているという。

これは日本の外務省筋の「蘭印の民族主義を帝国は否定するものではなく、何人であれ蘭印の賢明な指導者との交渉を帝国は期待している」という談話とも関係があるらしい。これらによりオランダやイギリスは、病院船大雪こそが本丸で、小澤艦隊は牽制のための戦力と解釈しているというわけだ。

言うまでもなく事実は逆で、病院船大雪というか空母雪鷹こそが陽動部隊なのである。これもあって、艦隊司令部から雪鷹には若干の針路変更も命じられていた。可能な限り、敵の目を小澤艦隊から雪鷹に向けさせようというのである。

結果的にそれは成功したらしい。蘭印の海軍力は植民地警備のためのもので、戦力として日本海軍と互角に戦えるものではない。それだけに、数少ない戦力を主要な港湾警備に向けているという。

もちろん、オランダ海軍を馬鹿にはできない。たとえば、彼らの駆逐艦は水上偵察機を搭載していた。一五〇〇トンクラスの駆逐艦なのでカタパルト発進ではなく、毎回クレーンで海面に降ろさねばならないが、それでも水偵はある。

これも植民地警備のための戦力ゆえであるが、こんな駆逐艦の水偵でも使い方が適切なら、奇襲攻撃を頓挫させることは可能だろう。

しかし、夕刻になっても雪鷹はなにものとも遭遇しないで終わった。周辺国が領海警備に徹してくれたためだろう。その意味では、陽動作戦は成功だ。

「よし、偽装解除！」

飛行長の荻島中佐の命令により飛行科の人間た

ちが布を外し、支柱を解体していく。そして、それらは順番にエレベーターで格納庫に収容される。

支柱の木材は応急用の機材として利用されるが、布のほうは帰港したら軍需部に返却しなければならない。

三〇分としないうちに、はりぼての病院船はアイランドを備えた空母の姿になった。正直、的場は上空から病院船のように見せかけるという小細工がどこまで敵の偵察機に通用するのか疑問だった。

しかし、その小細工が適切かどうかを確認することは、もう二度とないだろう。作戦が開始されれば戦争となる。ならば、もう小細工は通用しない。

最初に発艦したのは九五式偵察機であった。周辺の警戒と小澤部隊との接触がその任務だ。飛行中に夜になるから、夜間偵察に秀でた搭乗員が出動することとなる。

複葉機はカタパルトを使うことなく、ふわりと浮かび上がるように発艦に成功した。

しばらくして無線通信が入る。それは短い符丁であった。意味は「雪鷹周辺に敵影なし」である。

3

日付けは変わって一二月八日になり、時間は〇〇四五。空母雪鷹が支援するのはイギリス領マレー半島のコタバルに上陸する陸軍歩兵第五六連隊を主軸とする、いわゆる佗美《たくみ》支隊であった。総勢約五五〇〇名で、三隻の輸送船が運んでいた。

この三隻の輸送船は逓信省型貨物船であった。

海軍の同型船は雪鷹のように空母に改造されていたが、陸軍に割り当てられたものは貨客船型が中心で、第一次作戦の兵員輸送に活用されることになっていた。

空母雪鷹は海軍と傭船契約を結んで改造されたが、戦争が終わったとしても空母を商船に戻すわけにもいかず、契約は途中で買取りとなっていた。これに対して、コタバル上陸に投入された三隻は陸軍と契約を結んでおり、戦後には原状復帰で戻すことになっていた。

じっさい改造はされているが、もともと空母にもできるほどの船であり、対空火器の増設はそれほど複雑な工事ではなかった。

言い換えるなら、佗美支隊を乗せた三隻の逓信省型貨物船は、輸送船としてはかなり強力な対空兵装を施されていた。高射砲が六門と連装対空機銃八門というのは、商船としてはかなりの重武装と言えよう。

二万四〇〇〇トンの大型船の効用は、まさに排水量そのものにあった。上陸時は波浪も激しかったが、船に搭載している大型クレーンにより、完全武装の兵員を乗せた大発はそのまま海面に降ろされた。

ちょうど輸送船が波除けとなり、波浪の影響を抑えていたため、一人の兵員も投げ出されることなく、舟艇は海上に展開された。

佗美支隊がこうして上陸準備を進めているなかで、最初に攻撃を仕掛けたのは空母雪鷹の制空隊だった。

九五式偵察機がコタバル上空で敵の動きを報告

するなかで、まず雪鷹の第一次攻撃隊である一式戦爆二四機がコタバル飛行場を奇襲した。

九五式偵察機が吊光投弾を行い、飛行場周辺を明るく照らすなか、戦爆は地上の爆撃機に対して一斉に爆撃を行った。

この時、一式戦爆が装備していたのは、通常爆弾ではなく焼夷弾である。二五〇キロ焼夷弾による波状攻撃で、コタバル飛行場の爆撃機は第一陣で全滅した。これはイギリス軍のマレー方面の航空戦力が、極端に日本軍より劣っていることを意味していた。

この時のマレー方面のイギリス軍は、ブリストル爆撃機が四個中隊四七機、ロッキード・ハドソン爆撃機が二個中隊二四機で、この七一機が爆撃機のすべてである。それがマレー半島に分散されているのだから、奇襲で全滅は十分にあり得る。

雪鷹の攻撃隊が焼夷弾攻撃を行ったのは、コタバル飛行場を占領後、陸軍航空隊がここに進出してくるからだ。以後のマレー半島侵攻作戦を制空権下で進められるようにする。

したがって、滑走路は可能な限り無傷で確保しなければならない。爆弾孔を埋めるのは簡単だが、時間的制約がある。悠長に孔を埋めている暇はないのだ。

コタバル飛行場への奇襲攻撃により、夜間ではあったが日本軍は制空権を確保し、輸送船三隻は敵機の脅威に怯えることなく上陸作戦を進めることができた。

第一次攻撃隊のコタバル飛行場攻撃成功を受けて、第二次攻撃隊は攻撃目標を海岸線を守るイギリス軍陣地に変更した。

ここでも九五式偵察機の吊光投弾により、陣地は照らし出される。守っているのはインド第八旅団であったが、彼らはこの瞬間まで水際防衛に自信を持っていた。強固な陣地を構築し、地の利は自分たちにあるからだ。

むろん、彼らも上空を軍用機が飛び交っているのはわかっていた。しかし、彼らはそれをコタバル飛行場の友軍機と思い込んでいた。イギリス空軍機が日本軍機に遅れを取るはずがない。それが彼らの認識だ。

だから吊光投弾で陣地が照らされた時も、それを日本軍によるものとは思わず、空軍の間抜けが海岸を照らすつもりを間違えたと考えたほどだ。

そうしているなかで、二四機の一式戦爆が二五〇キロ焼夷弾を次々と投下していく。じつを言えば、第二次攻撃隊も敵陣を意図して焼夷弾で焼き尽くすなどと考えていたわけではなかった。

ただ、コタバル飛行場の敵航空機の地上破壊が計画通りに進むのか、疑問な部分も多かった。吊光投弾があると言っても航空隊による夜襲であり、敵を正確に攻撃できるかどうかの判断は読めない部分が大きかった。

だからこそ、焼夷弾は過剰なほど準備した。だが第一次攻撃隊は大成功で、第二次攻撃隊の焼夷弾が宙に浮いていたわけである。それが海岸線沿いの防御陣地に投下された。

ある意味において、敵陣にとっては通常爆弾のほうがまだましだったかもしれない。機銃座や塹壕の中に炎が飛び散り、周辺を焼き尽くした。

じっさいに陣地に命中した爆弾の数は一〇発程度であったが、陣地に命中しなくとも周辺に大規模な火災を起こせば、結果的には同じことだ。

それでも海岸線の陣地が総崩れになることはなかったが、爆撃で壊滅された部分が生まれたことのほうが重要だ。

佗美支隊の先遣隊は航空隊が敵を排除した海岸に無事上陸し、そこから前進した後、残存する敵陣を海岸と側面から包囲する姿勢を示した。佗美支隊は第二五軍に含まれる部隊であり、この部隊は日本陸軍の中でも自動車化が進んでいた。

佗美支隊も例外ではなく、支援部隊には師団の装甲車隊からの一個中隊が含まれていた。戦力としては九七式軽装甲車で、三七ミリ砲搭載のいわゆる豆戦車だ。この車両が一〇両、戦闘には投入されている。

本来軽装甲車は、最前線に弾薬などを輸送する目的で開発されていた。しかし、歩兵師団では手頃な装甲戦闘車両として用いられることが多く、じじつ日華事変でも活躍した。そのため歩兵師団内に装甲車隊が編成され、戦車隊などとは異なる自前の戦力として運用されることも珍しくなかった。

とはいえ、豆戦車は中国軍相手でこそ活躍できたが、その中国軍でさえ対戦車兵器を多数保有するようになると、かつての活躍は期待できなくなっていた。

しかし、そうした火力を持たない歩兵部隊が相手なら、投入場面さえ間違えなければ結果を出せるのも事実であった。

いまがそうだった。上陸用舟艇から投入された装甲車隊は燃え盛る戦場を突破し、敗走する敵軍を追い詰め、守備隊を包囲する姿勢を示した。

インド旅団は勇猛であったが、この局面では対戦車兵器を有していなかった。佗美支隊の侵攻に対して、イギリス側の防備も必ずしも万全ではなかったわけだ。

さらに、それが豆戦車であったとしても、上陸用舟艇から装甲戦闘車両が上陸してくるという攻撃法は世界にも、ほぼ例がない。それだけに守る側に備えがあるはずもない。

機関銃や迫撃砲は備えられていたが、対戦車砲はなく野砲も数が少ない。しかも軽装甲車は小さいので、夜間に野砲で撃破するのは容易ではなかった。大きさから距離を目測しても、戦車よりひと回り小さいため照準が狂うのだ。

そもそも、佗美支隊は野砲の心配などする必要はなかった。戦車が海岸から上陸したことでインド旅団はパニックに陥り、それが撤退する部隊とともにイギリス軍全体に伝染していったからだ。

歩兵部隊が武器もなしに戦車部隊には勝てない。夜間に海から現れた「戦車」により海岸の守備隊は、最初は後退だったものが、いつしか敗走という流れになっていた。

このことに輪をかけたのが、一式戦爆による機銃掃射であった。一式戦爆は運動性能を火力で補うというコンセプトであったため、二〇ミリ機銃を四門搭載していた。運動性能はダイブブレーキも兼ねる補助翼により改善されたのだが、だから武装を弱くしようと考える者はいない。

特に艦隊決戦で、大型正規空母に向かうはずの攻撃を商船改造空母に吸収させるという戦術が検討されているなかで、戦爆の火力を強化することで、敵の護衛艦隊の対空兵装を弱体化することも期待されるようになっていた。

軍令部のこの戦術がどこまで妥当なのかには議論はあったものの、戦爆の火力が強化されているのは現実だ。

爆撃を終えると、戦爆の一群は地上の敵兵力に機銃掃射を仕掛けた。戦車の投入と戦闘機の機銃掃射により、海岸線の防衛拠点はすぐに佗美支隊に抜かれることとなった。

イギリス軍は撤退しつつも、それでもコタバルの市街を守るための防衛線を再構築しようとしていた。ところが、五両の軽装甲車と兵員を乗せた三両のトラックが、撤退するイギリス軍の追撃を行った。

これは一人の中隊長の独断であったが、結果は予想以上のものとなった。なにしろ敗走するイギリス軍にしてみれば、複数の戦車と自動車がコタバル市街に向かって突進しているのだ。

日本軍が歩兵だけなら防衛線を再構築する時間的余裕はあるが、戦車で突進されればそんな余裕はない。

それにイギリス軍全般の士気として、本国をドイツの侵略から守るための戦いなら命も投げ出そうが、遠いアジアの植民地のために命をかけるかと言われれば、疑問を抱く人間も多かった。

彼らには漠然と、捕虜になって本国に送還され、そこでドイツ軍と戦うようなことを望む者もいたのである。

いずれにせよ、軽装甲車を戦車と認識したことは、イギリス軍の計算を大きく狂わせた。しかもコタバル市街に接近したところで、飛行場が破壊され、航空隊が全滅したとの報告を彼らは受け取ることになる。

職業軍人としての合理的解釈は、さらなる撤退であった。

「マレー半島の道路網は限られている。日本軍の進撃はそれらに依存するよりなく、だから重要な橋脚などを破壊し、日本軍の前進を阻止すべきである」

それが彼らの結論だった。結果的にイギリス軍はコタバル市街で籠城するという選択肢を捨て、さらに後方に防衛線を再構築しようとした。

こうして佗美支隊はそれほどの損害を出すこともなく、コタバルの飛行場と市街を占領した。

本隊が到着するまで、五両の軽装甲車を中心とする「機械化部隊」がコタバル市街を確保していたと言われている。

4

すでに山下《やました》中将の第二五軍司令部と第五師団主力の輸送船一一隻は、タイ領内のシンゴラを中心とする要地に無血上陸を果たしていた。彼らは、そのままマレー半島南進に向けて動き出した。

ほかの部隊も順調に上陸を果たし、そのままシンガポールに向けて南下する位置についていた。

この一二月八日の作戦全体の動きを見ていた南

方部隊総指揮官の近藤信竹《こんどうのぶたけ》中将は、シンガポールに在泊中の戦艦プリンス・オブ・ウェールズや巡洋戦艦レパルスが動き出す気配もないため、九日午後には燃料補給のためカムラン湾に部隊を引き上げさせた。

この近藤艦隊は、小澤艦隊より規模は小さいものの戦艦金剛《こんごう》と榛名《はるな》を擁し、重巡多数を率いており、作戦部隊全体で見れば最大の火力を誇っていた。つまり、シンガポールのイギリス海軍Z艦隊と対峙できるのは近藤艦隊だけであった。

一方、近藤司令長官隷下にある小澤中将のマレー部隊も、やはりカムラン湾に下がることを考えていた。陸軍部隊の上陸は終わり、現状では一部輸送船の物資揚陸が行われているだけだ。

いまここで、シンガポールのZ艦隊が動き出したとしても、陸軍部隊の上陸を阻止することはできず、また撃破できるとしても若干の貨物船程度だろう。シンガポールからもっとも南の上陸地点であるコタバルに移動するだけでも、それなりに時間が必要だ。

「敵は、我が軍の侵攻を阻止できる機会を逃してしまった」

それが小澤中将の結論だった。イギリス軍の総司令部がこのことを知れば、Z艦隊の合理的運用に関する選択肢は限られる。

もっとも効果的なのは、このままシンガポールに在泊し、要塞として日本軍への睨みをきかせ、シンガポールを死守するというものだ。

じつを言うと、日本軍にとってはこの戦術が一番困る。なるほどシンガポールに在泊する戦艦なら、空襲や雷撃で撃破することは可能だろう。機動力を失うというのは軍艦にとって致命的だ。

しかし、軍港を攻撃するのも容易ではなく、Z艦隊を撃破するには相応の時間がかかるだろう。だが、二大戦艦を撃破しなければ、シンガポール占領は成功しない。そして、シンガポールを占領しない限り、資源地帯の占領は成功しない。

つまり、日本軍にとっては資源地帯を占領するための時間こそが、作戦の成否を握る重要な条件であり、Z艦隊はそれに対する重大な脅威たりえる。英米などの連合国が反撃の態勢を整えようとする時、シンガポールの二大戦艦がその中核となるからだ。

そのため小澤司令長官は、航空兵力による徹底した攻撃により、シンガポールに籠城するイギリス艦隊を追い出すことを考えていた。自分の部隊に戦艦はないが、水雷戦力と航空兵力はある。それらを駆使すれば撃破も可能だろう。

いずれにせよ、現時点で小澤艦隊にできることはない。彼もまたZ艦隊との決戦に備えるため、カムラン湾に向かった。


小澤艦隊の主力がカムラン湾に向かう間、的場艦長の空母雪鷹はコタバル上陸の輸送船三隻を護衛していた駆逐艦東雲《しののめ》と合流し、上陸支援隊を編成するように小澤司令長官より命じられていた。この命令には、コタバル上陸の航空支援で消耗した燃料と弾薬の補給も受けることも含まれていた。

物資補給は、コタバル上陸に際して佗美支隊を乗せていた貨客船の一隻より行われた。逓信省型貨物船は商船としては排水量が大きいため、こうした任務にはうってつけだった。

そもそも海軍が徴傭商船に期待してきた機能がそうしたものであるから、これは自然なことである。

駆逐艦東雲に対しては燃料補給だけだったが、空母雪鷹には燃料と銃弾、爆弾が補充された。これも通常なら面倒な作業であるが、船として雪鷹は逓信省型貨物船とはほぼ同じであり、運動性能も等しいため、この点で作業を円滑に進めることができた。

二〇ミリ機銃四門という一式戦爆の兵装も、補給面では有利に働いた。二〇ミリ機銃弾だけあれば済むからだ。

ただ命令に対して的場は、少しだけ違和感を覚えていた。小澤司令長官の命令では、空母雪鷹ではなく病院船大雪のままになっていたからだ。すでに開戦となっているのだから、病院船と名乗る必要はないはずだ。しかし、小澤司令長官からの説明はない。

説明はないが、的場艦長には理由の予想はついた。作戦開始から二日程度しか経過していないなかで、重要な位置を占める空母の船名を急遽、変更するのは混乱を招くとの判断だろう。

開戦前には、病院船大雪は適当な時期を見計らって空母雪鷹と呼称するとなっていた。的場は漠然と、戦端が開かれたら雪鷹と名乗れるものと思っていたが、小澤の考えは違ったらしい。

冷静に考えれば、陸軍部隊への支援とあるからには、陸軍との綿密な打ち合わせもないままに呼称を変えるのは作戦遂行上、望ましくない。

陸軍とて病院船に支援を仰ぐことに疑問を覚えているだろうが、それは秘密保持のための符丁と思っているだろう。それなら、ここで符丁を変えるメリットはあまりない。

現在は、佗美支隊の司令部に海軍から武官が赴き、空母雪鷹への攻撃要請を取りつぐ形になっていた。それはあくまでも要請であり、命令ではない。実行するかどうかの判断は、的場艦長が下すことは陸海軍の取り決めで決まっていた。当たり前だが戦爆といえども、できることとできないことがあるのだ。

一方で、駆逐艦と合わせて二隻ではあるが、上陸支援隊を編成したことは重要だ。これにより一時的な措置とはいえ、的場は東雲の駆逐艦長に上陸支援隊長として命令を下せる。

これは的場にとって重要なことだった。マレー半島の幹線道路は東岸（および西岸）に沿って走っている。したがって、場所によっては駆逐艦からの砲撃が適切という場面もある。

的場としては、海岸から一〇キロというような戦場のために航空隊を出動させることには懐疑的だった。それなら駆逐艦の砲撃で十分だからだ。イギリス軍の陣地にしても、駆逐艦の一二・七ミリ砲でたいていは始末できるだろう。

しかし、佗美支隊の海軍武官の出動要請は、マレー半島の南下ではなく西進が続いた。どうもコタバルからムロンに向かい、そこから南下するようだ。そして、クアラクライのあたりで佗美支隊は東進して海岸に出るらしい。そこまでは駆逐艦の火力は出番がないことになる。

一方で戦爆の仕事も、爆撃よりも機銃掃射が続いた。視界の悪いジャングルで二五〇キロ爆弾を投下されると、友軍を巻き込む恐れがあるためだ。それに、確保すべき橋梁が爆撃で破壊されてはたまらない。二〇ミリ機銃四門は、そういう意味では手頃な火力だ。

こうして一二月八日から九日にかけての空母雪鷹の働きは、佗美支隊の航空支援にあたることとなった。ただ、コタバル飛行場に陸軍航空隊が進出してからは、以降の任務は陸軍航空隊に引き継がれた。

それでも小澤艦隊が再び攻勢に出るまでは、雪鷹の陸軍部隊支援という命令は有効だった。進出した陸軍航空隊もまだ一部であるため、航空戦力はいくらあっても足りなかったからだ。

とはいえ、九日の段階で陸軍航空隊に引き継いでからは、シンゴラに上陸した陸軍第五師団主力が南下し、タイ国境を越える一〇日までは出動要請もなかった。ただ、敵の防衛線であるジットララインに対する攻撃には、数次にわたる出撃が期待されていた。

空母雪鷹の的場艦長は、陸軍司令部に仲介役として部署についている海軍武官経由で、自分たちが南下する旨を提案した。ジットララインにシンガポール方面から増員するであろう敵部隊を後方で撃破するためだ。

じっさいの敵の動きは的場にはわからないが、いま敵の側背を突けるのは雪鷹しかない。このことは第五師団司令部にも容れられ、空母雪鷹は南下する。

小澤司令長官も、それをあえて止めるような真似はしなかった。

5

こうした状況は夕刻に一変する。

九日一七〇〇に小澤司令長官は、アナンバス諸島に配備していた伊号第六五潜水艦からの緊急電を受信していた。これは同日一五一五に発信されたもので、つまり発信から受信まで二時間近くもかかっていたことになる。

マレー作戦における潜水艦部隊の通信は、海軍第八一通信隊の担当であった。彼らが潜水艦と艦隊司令部の中継を担う立場であった。ただ、通信の遅れは単純に彼らのせいとも言えない面があった。

それは第一段作戦の立案過程と出師《すいし》準備のなかで、艦艇の増大や支援艦船の拡張があり、さらに航空隊の大規模な新編が行われた。しかも陸海軍ともにである。

ここで問題となるのは通信技術の目覚ましい発展で、日露戦争の頃の単純な無線機の頭では、今日の高度化した無線通信は語れないという現実があった。

無線技術の高度化は、高度な専門技能を必要とするが、なかでも暗号員には高い力量が要求された。日華事変までなら徒弟制度的な養成方法で対処できたが、日本は短期間に必要な人員を大量養成するノウハウを必ずしも持っていなかった。

確かに学校などを増やし、入学定員も拡大したが、必要なのは技能を有する人材であって卒業生の数ではない。短期間に養成した通信員の質は玉石混淆《ぎょくせきこんこう》というのが現実だった。特に時間をかけて錬成していた熟練暗号員の不足は深刻であった。

むろん通信の暗号化は魔法ではなく、決まった数学的処理を行えば原理的には誰でもできる。しかし、多くの部隊が熟練暗号員の技量に頼って動いていただけに、技量で劣っているわけではないが平凡な暗号員が増えると、通信処理に遅れを生じるようになる。

潜水艦での通信処理が遅れ、中継局で遅れ、艦隊司令部で遅れる。問題は、第八一通信隊も遊んでいたわけではないことだ。第一段作戦の遂行で多くの部隊が活動し、平時とは比較にならない膨大な量の通信が流れていた。

通信量の増大により部門間の通信処理の小さな遅れが蓄積し、結果として潜水艦から小澤司令長官まで二時間近い遅れを生じることになった。

誰が悪いと問われれば、悪い人間などいない。あえて言うなら、通信体制の潜在的問題を抜本的に解決せず、現場負担で仕事がまわっているならばそれを問題なしとしていた小澤司令長官の責任となるだろう。

そうした責任をも負うのが、艦隊司令長官という職なのである。だからこそ、部下を敵地に送る命令が出せるのだ。

とはいえ、この時の小澤司令長官は海軍通信の問題点よりも、その伊号第六五潜水艦の報告にこそ注目した。それだけ重大な内容だった。

「敵レパルス型戦艦二隻見ゆ　地点コチサ一一針路三四〇　速力一四ノット」

つまり、シンガポールに籠城しているはずの戦艦プリンス・オブ・ウェールズと巡洋戦艦レパルスがすでに出撃しているという。

この報告通りなら、いま小澤艦隊とZ艦隊は二〇〇キロ程度しか離れていない。いま自分たちが敵に向かうなら、五時間以内に遭遇することになろう。

小澤司令長官が困惑したのは、陸上偵察機によるシンガポール偵察では、セレター軍港に在泊していると報告を受けていたからだ。

「雪鷹の偵察機が使えます」

参謀長の提案に、小澤司令長官はただちに空母雪鷹に対してシンガポール偵察を命じた。

空母雪鷹の的場艦長は、シンガポールへの偵察命令を受けた時、一つの迷いがあった。それは最短距離でシンガポールに向かうか、それとも海岸沿いで進むかだ。

Z艦隊が出動しているかもしれないという状況では、海岸沿いが望ましいのは百も承知だ。しかしこのコースでは、雪鷹唯一の偵察機である九五式偵察機の航続距離だと往復できない可能性があった。

計算では燃料はギリギリだ。しかも天候は悪化しつつあり、燃費が悪化するのは確実だった。

駆逐艦東雲を先行させ、機体は着水して乗員だけ助けるという方法も考えられなくはない。しかし、それはあまりにもリスクが高い。海況も悪化するなかでは、駆逐艦と偵察機の邂逅《かいこう》さえ過度な期待はできないだろう。

そうなると、マレー半島上空を飛行する最短ルートしかない。結局、すべてはシンガポールにZ艦隊がいるかどうかで話が決まるなら、最短ルートしか選択肢はないだろう。

仮にZ艦隊が出撃していたとして、視界も悪いなかでは海上ルートでも発見できる保証はない。それよりも確実なシンガポール偵察を行うべきだろう。

的場艦長はそう決心し、すぐに九五式偵察機が飛び立った。

6

昭和一六年一二月二日に、戦艦プリンス・オブ・ウェールズと巡洋戦艦レパルスはシンガポールに入港した。

イギリス海軍も、この二隻で編成を完結させるつもりはなく、空母インドミタブルも加わることとなっていた。ところが、カリブ海で座礁したために合流が遅れ、この時はいまだ大西洋を航行している最中だった。

小澤艦隊がマレー上陸作戦の準備を進めている一二月五日に、巡洋戦艦レパルスが駆逐艦二隻とともにダーウィンに向けて出港した。イギリス海軍としてはオーストラリアに対しても、海軍力のプレゼンスを示す必要があったのと、日本海軍に対する牽制の意味があった。

一方で東洋艦隊司令長官フィリップス中将は、六日にマニラで米海軍のハート大将および陸軍のダグラス・マッカーサー大将と会談を持った。これは日本軍に対峙するためにイギリス、アメリカ、オランダ、オーストラリア、ニュージーランドの連合国軍による艦艇部隊の合同艦隊を編成する問題を協議するためのものだった。

この合同艦隊は空母インドミタブルこそ編入できなかったが、それ以外は戦艦から巡洋艦、駆逐艦を擁するバランスのとれたものだった。

ただ、この艦隊の統一司令部を設置することは、現状では困難とされて見送られた。しかし話し合いの途中、イギリス海軍の偵察機が、日本海軍に護衛された船団が仏印方面を南下していることを確認したとの報告がフィリップス中将になされた。

これにより会談を中断して、彼はシンガポールに戻った。さらに、中将は巡洋戦艦レパルスを呼び戻した。レパルスがシンガポールに到着したのは一二月七日のことであった。

問題の偵察機は小澤艦隊も認めていた。ただ、この時点では小澤部隊はタイに向かっており、偵察機の報告もそうしたものであった。

シンガポールの極東軍司令部では、これはマレー半島に向かっているのか、タイに向かっているのかで議論は伯仲《はくちゅう》したが、タイ領に向かっているらしいとの続報から、戦争の可能性は当面はないとの結論となった。

遅かれ早かれ戦争にはなるが、日本軍がタイに進駐するならマレー半島防衛の時間は稼げる。それが彼らの結論だった。

一方で、イギリス軍が先にシンゴラなどに兵を進め、マレー半島に日本軍を進軍させないよう現地を要塞化すべきという意見もあった。しかし、これは中立的なタイを日本側に追いやることになるとの外交的判断により中止された。

ただし、日本船団の動きに関しては、情報部より気になる情報があった。

大型客船を改造した病院船大雪というものがあり、それはシャム湾を移動しているが、針路がはっきりしない。そして、この病院船は大量の銃や弾薬を輸送し、マレー半島で活動する民族主義者にそれらを提供し、イギリス軍に対する第五列の働きを期待しているという。

日英が直接戦火を交えるのは、日本にとって得策ではないが、イギリスの植民地内で紛争を起こさせることはできる。マレー半島で成功した、こうした民族主義者の支援がインドにも及んだ場合、イギリスにとってはヨーロッパ正面の戦局を左右しかねない。

つまり、日本軍にとっては病院船大雪こそが切り札であり、船団はその活動を支援するための陽動に過ぎないというのだ。フィリップス中将にとって、それもまた頭の痛い問題だった。

そして、一二月八日を迎えた。楽観的な分析は間違いであり、日本軍はマレー半島に侵攻を開始した。

もっとも、イギリス極東軍司令部が掌握していた情報は錯綜していた。コタバルやシンゴラに日本軍が上陸したらしいことはわかったが、それ以上のことはわからない。

ともかくフィリップス司令長官は、戦艦プリンス・オブ・ウェールズと巡洋戦艦レパルスに数隻の駆逐艦という陣容で出撃を決意する。

じつは、シンガポールにはほかにも四隻の巡洋艦がいたのだが、新鋭艦のモーリシャスはドック入りしており、ほかの三隻は第一次世界大戦当時の旧式艦であり、第一線での戦闘には堪えられないと判断されて残置された。

また、フィリップス中将は空軍の上空支援を求めたが、マレー半島北部にあるイギリス空軍の飛行場は日本軍の攻撃を受けて状況を把握できず、上空警護は約束できないとの返答を受けていた。

しかし、彼は空軍の支援のないことをそれほど悲観していなかった。日本軍の航空戦力など、イギリスに比較すれば二線級以下と信じていたためだ。

「艦隊は八日に出撃し、コタバル、シンゴラの日本船団を奇襲攻撃する」

こうしてZ艦隊はシンガポールを後にした。

第３章　プリンス・オブ・ウェールズ対雪鷹

1

日本船団を撃破すべく出撃したフィリップス中将のＺ艦隊に対して、シンガポールの司令部より新たな情報が入った。

フィリップス中将は日本船団を攻撃するにあたり、マレー半島沿いを移動するのは避けていた。そこを移動すれば日本軍に発見されるのは確実であるため、アナンバス諸島を迂回するルートを航行していた。

Ｚ艦隊にとって八日から九日の天候は都合がよかった。視界は必ずしもよくないので、日本軍に発見される可能性は低い。スコールに隠れて進むことも期待できた。

ただ、悪天候の影響によりレーダーの感度も下がっていた。しかし、日本軍機の能力をそれほど高く考えていないフィリップス中将には、それが重要な問題だとこの時点では思えなかった。

じっさい戦艦プリンス・オブ・ウェールズや巡洋戦艦レパルスは伊号第六五潜水艦に発見されたのだが、レーダーではこの潜水艦を捕捉することに失敗している。波のうねりも大きく、潜水艦との識別は困難であった。

そして、潜水艦が彼らを悪天候により見失った頃、フィリップス司令長官はシンガポールから驚くべき情報を受け取っていた。

「敵側の無線通信を傍受した結果、コタバルに上陸した日本軍を病院船大雪が輸送していたらしい、だと！」

フィリップス中将にとって病院船大雪は許しがたい存在だった。これの動きのために自分たちは判断を誤った。

しかも冷静に考えるなら、船団がマレー半島に侵攻し、同時に大雪が民族主義者たちに武器を提供することは可能だ。二つの動きはどちらかがどちらかの陽動ではなく、二つ一組の作戦だったのだ。

情報部の分析では、病院船大雪はコタバルで民族主義者との接触は行っていないらしい。確かにインド第八旅団が防衛線を展開しているなかに、民族主義者たちが進出できるはずはない。

病院船大雪は部隊輸送を終えた後、民族主義者たちに武器を提供するのかもしれない。また可能性として、民族主義者のグループを大雪に迎え入れ、日本で軍事教練を行った後にマレー半島に戻す可能性も、情報部は指摘していた。

下士官クラスの人材を多数養成すれば、たとえば彼らが分隊長になった時、総兵力は短期間に一〇倍になる。分隊長さえ有能なら、訓練の乏しい兵士でも分隊として編成できるからだ。

これは看過できない問題だった。病院船が戦闘員を輸送することが国際法違反であるだけでなく、いままで烏合《うごう》の衆だった植民地の民族主義者たちが組織化された軍隊となった時、イギリスにとってはそちらのほうが脅威だ。

日本軍なら追い返せば軍事的脅威はない。しかし、マレー半島の社会を構成している人間たちが軍隊となり、独立戦争を宣言すればその鎮圧は著しく困難になるだろう。

それでも平時なら、イギリスにも対応策はあろう。しかし、いま祖国はドイツとの戦争に疲弊している。マレー半島に投入できる戦力には限度がある。

仮に、いま侵攻している日本軍を撃退できたとしても、この病院船を見逃せば災禍は何倍にもなって返ってくるだろう。

「このまま北上し、病院船大雪を撃沈することを最優先とする！」

フィリップス中将はそう決断した。


Ｚ艦隊が日本船団より病院船大雪を最優先攻撃目標においた頃、彼らの知らない間にも事態は動いていた。

時系列では、まず軽空母雪鷹からシンガポールの軍港にＺ艦隊が在泊しているかどうかを確認するために出動した九五式偵察機が現地に到着した。偵察員はセレター軍港に旧式軽巡があるだけで、戦艦などは残っていないことを確認し、雪鷹に無電報告した。

これは小澤司令長官からの命令であったため、報告はそのまま小澤司令長官のもとにも送られた。

そして、小澤艦隊はイギリス海軍の二大戦艦が出撃していることを確認した。

じつはこれとは別に、小澤艦隊からも軽巡鬼怒《きぬ》、重巡鈴谷《すずや》、重巡熊野《くまの》よりZ艦隊が出撃していた場合に備えて水偵が発艦していた。そして一二月九日一八三〇頃、天候が一時的に回復した時に、これら三機の水偵が相ついでZ艦隊と遭遇した。正確には鬼怒の水偵が一八三〇、鈴谷が一九一五、熊野が一九五〇に、それぞれZ艦隊と接触したのであった。

その後、夜になり天候の悪化もあって、日本軍機に発見されることはなかったが、同時に天候の影響でレーダーの性能が低下していることもわかってきた。

熊野の水偵がZ艦隊と接触する段階まで、フィリップス中将は船団か病院船大雪を攻撃する予定であった。だが、さすがに三機続けて敵機に遭遇したとなると、奇襲攻撃の可能性は難しくなったと判断した。それでも彼は北上を続けた。敵艦隊が近いとしても、船団を攻撃することでそれらを混乱させられると考えたのだ。

ところが深夜になり、前方の水平線が明るく輝いた。

「なにごとだ？」

フィリップス中将は前方の光を肉眼でも確認できた。空に光が現れ、海上から空に向けてサーチライトが伸びる。

これこそ小澤艦隊の本隊であった。じつは小澤司令長官はZ艦隊出撃により、仏印の陸攻隊にも索敵と攻撃命令を出していた。この時に出撃したのは五〇機以上であったが、三分の一が視界不良などで帰還を余儀なくされるような状況だった。

そうしたなかで陸攻隊の一部が小澤艦隊とZ艦

隊を誤認し、攻撃姿勢を示したのだ。

　フィリップス中将が見た空の光は、この時の陸攻による吊光投弾の光だった。

　小澤中将はすぐにそれが誤認であると判断し、無電を打つばかりでなく、味方であることを示すために空に向けてサーチライトを照らした。これにより間一髪で同士討ちは免れた。

　この時、彼我の距離は二〇キロと離れていないと思われた。そのため日付けが一〇日になると、フィリップス中将はシンガポールに帰投することを決した。敵艦隊がこれほど近いなら、船団攻撃はほぼ絶望的だ。

　戦艦プリンス・オブ・ウェールズが世界最強の戦艦だとしても、護衛艦艇もろくにないなかで日本艦隊とは戦えない。部隊編成さえ整えれば、日本艦隊など鎧袖一触《がいしゅういっしょく》にできるのに、ここでＺ艦隊を傷つけるわけにはいかない。

　こうなれば米蘭の艦隊と合同し、艦隊戦力を整備してから日本艦隊を撃破することを考えるべきだろう。彼は漠然とそんなことを思っていた。

　それが最善とは思っていないが、現状ではほかに選択肢はない。

　しかし状況は、ここで一変する。それはシンガポールの艦隊司令部からのものだった。

「病院船大雪はマレー半島を南下中と思われる。現在の推定位置はクワンタン東方」

　それは驚くべき報告であり、フィリップス中将にとっては朗報だった。というのは、病院船大雪は彼らが思っていたよりも、ずっと南下していたからだ。

とはいえ、じっさいは病院船大雪（つまり空母雪鷹）はクワンタン東方になどいなかった。もっと北方にいるのが事実である。

シンガポールの艦隊司令部は、軍港を偵察した偵察機と雪鷹の通信を傍受し、そこから方位を割り出していた。この点で精度には限界があったのだが、司令部もフィリップス中将もそのことについて十分な認識はなかった。

そのためフィリップス中将は、将来的に大きな脅威となるであろう病院船大雪が攻撃可能な位置にいることを知り、そこに向かわせることとした。

とはいえ、やはりマレー半島沿いは日本軍に発見される可能性がある。そこで現状のまま南下し、クワンタン周辺でレーダーや偵察機により大雪を発見することとした。

この判断は妥当なものであったが、フィリップス中将が知らないうちに、日本軍を混乱させる結果となった。

2

一二月一〇日〇一二二。

伊号第五八潜水艦は、昭和初期に建造された海大型の潜水艦であった。当時としては高速潜水艦であったが、それでも最新鋭の巡潜型よりは見劣りする部分が多い。それだけ潜水艦の進歩は速かった。

伊号第五八潜水艦は深夜に浮上して航行していた。この時、北村惣七《きたむらそうしち》潜水艦長自らが司令塔に立っていた。Z艦隊がシンガポールを出港し、行方がわからなくなったため、周辺の艦艇に捜索命令が出ていたためだ。

北村潜水艦長としては、自分たちが遭遇する確率は低いと考えていた。艦隊司令部の話ではZ艦隊はコタバル方向に向かっているらしい。つまり、Z艦隊は自分たちよりもさらに北にいる。そんな部隊と自分たちが遭遇するとは思えない。

しかし、戦場では何が起こるかわからない。Z艦隊が自分たちの裏をかくことも考えられなくはないのだ。

それは一時間ほど前の通信長の報告で、より現実味を帯び始めた。詳細な報告はないのだが、小澤艦隊に友軍部隊が攻撃を仕掛けようとして、間一髪回避できたらしい。

報告はこれだけだが、最初の偵察機の情報などからすれば、Z艦隊と小澤艦隊はかなり接近していた計算となる。だとすると、Z艦隊は小澤艦隊の存在を察知し、反転してくる可能性がある。

そうなると、自分たちとの遭遇確率は一気に上昇するだろう。むろん、それは確率であって必然ではなかったが。

天候は荒れていたが、深夜になり落ち着いてきた。波はうねっているが雨は止み、雲もかなり減っている。

北村潜水艦長は知らなかったが、状況は彼らに有利に働いていた。なぜなら、波のうねりのため戦艦プリンス・オブ・ウェールズのレーダーは波浪と潜水艦の区別が困難であったが、潜水艦の側からは巨艦のシルエットは見逃しようがなかったからだ。

そして、Ｚ艦隊が潜水艦に気がつかないまま、彼らはその姿を伊号第五八潜水艦の前に現した。

「敵艦発見、雷撃する！」

北村潜水艦長は艦内に怒鳴ると、見張員を艦内に戻し、自分は殿《しんがり》となって司令塔のハッチを閉鎖した。

戦艦を夜襲する場合、浮上したままで行うか潜航して行うかは判断が難しい。それぞれに一長一短がある。命中精度なら浮上してだが、安全を考えるなら潜航だ。

北村は後者を優先した。なぜなら、駆逐艦の姿も見えたからだ。常識で考えても、護衛なしの戦艦が戦場をうろつくわけがない。ならば潜航するしかない。

北村は司令塔で潜望鏡を上げ、Ｚ艦隊をうかがう。艦首魚雷発射管に全魚雷を装填したかったが、魚雷発射管六門に対して、魚雷は五本しかなかった。新鋭潜水艦は九五式酸素魚雷を使えるが、比較的古い伊号潜水艦は空気魚雷しか使えない。これは発射管の問題ではなく、九二式魚雷方位盤が一種類の魚雷にしか対応できないことによる。

海軍は酸素魚雷の生産を最優先している関係で、従来型の空気魚雷の生産は余力がなく、結果として魚雷不足で出撃する潜水艦も現れる始末だった。いまの伊号第五八潜水艦のように。

「放て！」

すべての準備を終え、水雷長の中山《なかやま》が魚雷発射を命じた。時計員が時間を計測する。

「……一〇……九……八……七……六……五……四……三……二……命中いま！」

しかし、何も音はしない。命中したら聞こえるはずの爆発音がない。魚雷はすべて外れてしまった。波浪の影響で針路が逸れてしまったらしい。

敵艦隊は自分たちが雷撃されたこともわからないまま、針路を変えることもしない。護衛の駆逐艦さえ動く様子がないのは、それだけ魚雷の航跡がずれていたのか。

北村潜水艦長は雷撃の失敗に落胆するも、とりあえずZ艦隊の追跡に専念する。魚雷を撃ち尽くしたからには、それしかできない。

だが、ここで再び天候が悪化し、伊号潜水艦はZ艦隊を見失った。この一連の攻撃をZ艦隊はまったく気がついていなかった。

小澤司令長官と近藤司令長官は伊号第五八潜水艦の報告から、Z艦隊はシンガポールに帰還しようとしていると結論した。

ところが、伊号潜水艦がZ艦隊を見失った頃、Z艦隊は西に針路を切った。そこに病院船大雪がいると信じてのことだ。

空母雪鷹の的場艦長は九五式偵察機でシンガポールを偵察してから、Z艦隊追跡にはあまり出番がなかった。駆逐艦東雲との独立活動であり、さらに司令部からの情報では、敵は自分たちより北方にいるためだ。

しかし、深夜になりZ艦隊が南下し、シンガポールに向かっているとの情報から、的場艦長も未明からの出撃を準備し始めた。

「九五式偵察機一機では心許ないですな」

飛行長の荻島は、的場にこの点を指摘する。

「戦爆を索敵に出すのか」

「ほかに飛行機はありませんから」

荻島はそう言うのだが、的場はすぐには首を縦に振れなかった。理由は二つあった。

一つは天候が必ずしも良好ではないなかで、単座機による偵察では敵を見逃す可能性があるということだ。偵察は遊びではない。航空偵察で敵味方の識別や敵艦船の正確な分類は、熟練者でも気は抜けない。

戦爆の搭乗員たちも偵察に関する教育を受けているが、それよりも戦技や航法が重視されていた。これは商船改造空母の運用が、艦隊決戦前の漸減邀撃作戦の戦力と考えられているためだ。

索敵は委任統治領からの飛行艇や潜水艦が行い、改造空母群はそれらの報告にしたがい打撃戦力となる。

漸減邀撃作戦という大きなシステムの一要素であるため、大型正規空母のようなオールマイティな能力は求められていなかった。ある意味、特定分野のための専用空母であることが商船改造空母に求められていた能力だ。

そういう経緯であるから、いまここで敵艦を求めて索敵を行うようなことは考えられていなかった。

もう一つは、戦爆は航続力が短いことだ。そもそも長駆して敵を攻撃するような運用は商船改造空母には期待されていない。コンセプトとしては今日的な空母というより、偵察巡洋艦に近いものがある。

戦爆が戦闘機であり、急降下爆撃もできるというのも、航続力で妥協できたからという事実は見逃せない。

航続力は爆装して八〇〇キロであるから、行動半径は最大で四〇〇キロだ。爆装しなければもっと伸びるが、敵艦隊の索敵となれば、撃沈は無理でも行き足を遅らせるためにも爆装は不可欠だ。

爆撃を終えれば軽くなるとしても、空戦の可能性も考えるなら、索敵範囲は三〇〇キロが限界だろう。単に往復すればいいわけではなく、領域の偵察が必要なのだ。

こうした点で、的場艦長は戦爆による索敵には積極的になれなかった。

「噂の新型艦爆があれば、あれは複座で雪鷹でも運用できるので、こういう時には索敵に使えるんですけどね」

荻島はそんなことを言う。彼がその攻撃機こそ自分たちのような改造空母の切り札と考えているためだろう。

「一四試艦爆か。軽量魚雷も搭載できるって話だな。確かにあれがあればいいだろうが、いまは手持ちの戦力で考えねばならん。戦爆でいいのかどうかだ」

「問題はないと思います」

さすがに荻島飛行長も、的場艦長の懸念を理解しているようだった。

「戦爆による索敵の捜索範囲は三〇〇キロがせいぜいでしょう。逆にその程度なら操縦員の負担も軽減できます。見失う公算は少ない。

二段索敵を行っても距離が近い分、戦爆の回転率は高いので、敵艦隊を発見しても打撃戦力は相応の水準で出せるはずです」

二段索敵を伴う近距離偵察で単座機の不備を補う。荻島の提案は、的場の視点にはなかったものだ。

「そもそも戦爆の活動半径が四〇〇キロですから、できる索敵範囲も限られます。一〇〇〇キロ先と言われても、我々にはいかんともしがたい」

「確かにそうだな。具体的にどうする？」

「第一段に六機、第二段も六機の計一二機。雪鷹の残存機は三六機。発見を知らされれば一八機の攻撃隊を二組出せます。索敵の一二機が帰還すれば、第三波の攻撃隊も可能でしょう」

戦爆の爆弾は二五〇キロであり、対艦攻撃力には限度がある。しかも、それらの爆弾の大半は普通の爆弾で、対艦爆弾ではない。陸軍部隊の支援任務が雪鷹の役割なので、地上攻撃用の普通爆弾が中心だったのだ。

しかし、普通爆弾であったとしても多数の爆弾を受けたなら、戦艦プリンス・オブ・ウェールズや巡洋戦艦レパルスとて無傷では済まない。

「よし、それでいくか」

3

「病院船大雪の無線通信を傍受しただと！」

戦艦プリンス・オブ・ウェールズに乗艦しているフィリップス中将には、それは明らかな朗報だった。なによりシンガポールの艦隊司令部ではなく、戦艦プリンス・オブ・ウェールズの通信室が傍受できた意味は大きい。

「我々よりも南東方向にいるようです。距離まではわかりませんが、マレー半島での日本軍支援にあたっているなら、半島沿岸ではないかと思われます」

病院船大雪の活動領域はフィリップス中将の予想とは違っていた。しかし、このことを彼は特に問題とはしなかった。

大雪の目的が民族主義者への武器供与であるなら、受け取る側の都合に合わせることもあるだろう。マレー半島は戦場なのだ。

「よし、これで大雪を撃沈できる」

Ｚ艦隊は病院船大雪へと針路を変えた。

その戦爆は、視界という点では恵まれていなかった。スコールにあったり雲が多かったりしたためだ。

しかし、彼は航法には自信があった。コンパスは正確であり、星の位置もわかる。

それに、航法の上手下手はあるレベルまでは訓練で改善するが、あるレベルから上になると天性の才能が物を言う。少なくとも彼はそう思っていた。

夜間飛行でも航法に間違いなしというのは、やはり才能であると彼は自負していた。じっさい何度か天測したが、自分の勘に狂いはなかった。そうして彼は索敵を続ける。

雲の中を飛び、それが切れた時、彼は二隻の戦艦と三隻の駆逐艦の姿を認めた。

「敵艦隊発見。戦艦二、駆逐艦三、一八ノットで西進、ハトメ」

彼は至急、それを打電した。最後のハトメは位置を知らせる符丁である。

出撃前に索敵範囲を小さな領域で区分けし、三文字の記号を振った。これは航法員がいない戦爆の索敵では、位置の計測が困難と判断しての対応だ。

搭乗員はエリアのどの辺を飛んでいるかを把握し続ける。そして、発見したら領域を言う。ほかの戦爆などがその領域を目指せば、視界の中に戦艦は見つかるだろうということだ。

つまり、発見したらだいたいの場所を指示すれば、あとは増援部隊が勝手に発見するという理屈である。

戦爆が姿を現した時、戦艦プリンス・オブ・ウエールズも巡洋戦艦レパルスも対空戦闘の準備はできておらず、完全に奇襲となったと搭乗員は思った。

じっさいには戦爆の姿を両戦艦のレーダーは捕捉していた。しかし悪天候のためか、レーダーの感度は落ちていた。正確には画面上のノイズが多いため、雲やスコールの中で戦爆の姿をはっきりと識別するのが困難であった。

レーダーがはっきりと機体の接近を告げた時には、すでに目視が可能な距離まで戦爆は接近していた。

戦爆の操縦員は、戦艦プリンス・オブ・ウエールズと巡洋戦艦レパルスのいずれを爆撃するか迷った。爆弾は一発、戦艦は二隻である。しばしの逡巡の後、彼は戦艦プリンス・オブ・ウエールズを攻撃目標に選んだ。

二五〇キロ爆弾で、戦艦も巡洋戦艦も撃沈はできない。それなら敵の旗艦こそ攻撃すべきではないか？　彼はそう決心し、戦艦プリンス・オブ・ウェールズへと針路を定めた。

自分たちに航空機が接近してきたことで、戦艦プリンス・オブ・ウェールズの対空火器は動きだすが、その反応は緩慢だった。少なくとも操縦員にはそう見えた。

戦艦プリンス・オブ・ウェールズ側から見れば、接近する小型機は偵察機の類としか見なかった。それが常識というもので、世界最強の戦艦にたった一機の攻撃機で接近するなどあり得ない。戦闘機なら問題外。合理的解釈は偵察機しかない。

たとえ偵察機でも敵機なら撃墜しなければならないが、じつを言えば、発見された時点で偵察機を撃墜しても意味はない。自分たちは発見されてしまったのだから。

それに、偵察機なら直接的な脅威ではない。いきおい対空火器の将兵も、真剣味は削がれてしまう。

その心理的な間隙のなかに、爆装した戦爆が急降下を仕掛けてきた。それが偵察機ではなく、爆装した敵機であることが至近距離ではじめてわかった。

「投下！」

操縦員がレバーを引き、爆弾が投下され、戦爆は軽くなったことで急上昇した。そして、爆弾は二つあった煙突と煙突の間に命中し、射出機と偵察機を爆砕した。

カタパルトが吹き飛ぶと同時に艦載機のシーフォックス偵察機も破壊され、周辺に火のついたガソリンが散乱し、火災が拡大した。

戦爆の搭乗員にとっては大戦果と言えた。燃えているのが軍艦ではなく飛行機であることはわかっていたが、黒煙を吐く軍艦の姿は十分に彼を満足させた。

一方、戦艦プリンス・オブ・ウェールズのフィリップス中将やほかの将校たちには、何が起きたのかわからなかった。偵察機でも爆装はできるが、それとて小さな爆弾を投下するだけだが、あの爆撃は本格的なものだ。

つまり、偵察機とばかり思っていたが（もちろん、偵察のために飛んでいたのだろうが）、あれは急降下爆撃機であったのだ。それが意味するところは、陸上基地か空母から発艦したという可能性だ。

日本軍の爆撃機の活動できる陸上基地が、マレー半島にないことは明らかだ。この判断はじっさい正しかったが、彼がそう考えた根拠はいささか事実とずれていた。

フィリップス中将をはじめとして、イギリス海軍将校たちは日本軍の航空機技術を欧米より劣っていると考えていたため、航続力も三〇〇キロくらいしかないと考えていた。だから、自分たちの現在位置に陸上から日本軍機が現れるはずはなかったのだ。

いずれにせよ、あの爆撃機はマレー半島からのものではない。ならば残された可能性は空母である。日本軍が部隊を集結させていることはフィリップス中将も知っていたが、さすがに空母を伴うところは確認されていない。

とはいえ、現実に自分たちは日本軍の侵攻を阻止するどころか、完全な奇襲攻撃を受けたのだから、空母を見逃していた可能性は少なからずある。

「日本軍の航空機の性能からすれば、敵空母は比較的近距離にいるはずだ」

フィリップス中将はここでも、ロジックには問題はあるが結論は当たっているという分析を行った。

「ならば敵空母からの攻撃は近いはずだ」

「どうします、司令長官？」

「どうする？　空母の爆撃で世界最強の戦艦が沈むとでも言うのかね？　現に、いまの爆撃でも破壊されたのは水偵だけではないか！」

フィリップス中将は、すでに作戦を立てていた。

「さきほどの爆撃機の針路はレーダーが読んでいる。その方向に向かえば、敵空母と遭遇するだろう。戦艦プリンス・オブ・ウェールズの砲撃で空母を撃沈できる！」

「敵航空隊は？」

「戦艦プリンス・オブ・ウェールズの対空火器で返り討ちだ」

4

戦爆によるZ艦隊発見により空母雪鷹からは第一陣一八機が出撃したが、その前に二段索敵を含む一二機が集結しようとしていた。正確には爆撃を終えた一機も含むので、攻撃力があるのは一一機だけである。

一度Z艦隊から帰還したかに見えた戦爆は、艦隊から離れた場所に円を描きながらとどまり、友軍機との集結を待った。

幸い狭い範囲での索敵であったため、一五分ほどで全機が集合することができた。そして、一一機はZ艦隊へと向かう。

爆撃を終えた戦爆は戦闘で激しく燃料を消費して残量が心許ないのと、爆撃を終えていることから、そのまま空母雪鷹へと帰還した。

この一一機の攻撃隊は戦艦プリンス・オブ・ウェールズのレーダーからも捕捉できたが、彼らが集結している様子まではレーダーの射程外で捕捉できなかった。

なので彼らは、これが自分たちが予想していた敵襲と考えた。戦艦プリンス・オブ・ウェールズの側は、もっと大部隊が来ると思っていたのに、たった一一機しか来ないことに驚いていた。

「我々を攻撃した一機を含めても一二機。艦載機数が一二機しかない空母など存在するのか」

フィリップス中将は思う。第二波が来るとは、彼は考えなかった。なぜなら、一一機の次に第二波を出すくらいなら、第一波の機数を増やすのが合理的だからだ。

一〇機の攻撃隊を二回送るくらいなら、二〇機の攻撃隊を一度にすべきなのだ。仮に第二波がいるとしたら、それは兵力の逐次投入ではないか。

「日本軍の空母はMACシップなのでは？」

参謀の一人が言う。

MACシップとは、イギリスで検討されている簡易空母のことだ。大型商船に飛行甲板を張って、航空機の運用を可能とする。イギリスではまだ就役しているＭＡＣシップはないが、来年の早い時期には就役する計画がある。

計画ではソードフィッシュを出撃させ、帰還時には飛行甲板で回収したいが、それが無理なら着水してパイロットだけ救助するとなっていた。

大型正規空母の運用に比較すれば非効率な空母だが、短期間で数を揃えられるし、ソードフィッシュを使い捨てにしても、それで多数の貨物船が守られるなら十分引き合うという割り切った計算だ。どうせ護衛空母が就役するまでのつなぎである。

「日本軍が性能の低い航空戦力で制空権を確保するには大量の空母が必要ですが、それを建造する国力はない。ならば作戦の初期段階を支えるため、ＭＡＣシップを投入するというのはあり得るのではないでしょうか」

参謀の言葉にフィリップス中将は閃くものがあった。

「そういうことか……」

「何がでしょうか、長官？」

「君の言うＭＡＣシップだよ。病院船大雪はＭＡＣシップになれるだけの排水量を有している。もし大雪が提供しようとしている武器の中に航空機があったとしたら、どうなる？」

「航空機を民族主義者に！」

「ＭＡＣシップから離着陸できる飛行機、おそらくは旧式の複葉機だろうが、それを受け入れる側はどうだ？　原野に二〇〇メートルの更地を用意すればいい。それだけで飛行場になる。そして、連中が旧式複葉機でも航空兵力を持つことは、我々にとって看過できない脅威だ」

フィリップス中将は日本軍の旧式複葉機そのものは、それほどの脅威とは考えていない。そんなものは我々の戦闘機で容易に撃墜できる。

しかし、民族主義者が航空機を持つことは、それが旧式複葉機でも脅威となる。なぜなら、相手が二線級の飛行機でもそれを撃墜するには一線級の戦闘機隊を用意しなければならないからだ。

戦闘機も対空火器もない部隊なら、旧型機でも偵察も攻撃も可能だ。しかし、敵が正面からの戦闘機との戦闘は避け、ゲリラ戦に徹するならば極端な話、複葉機一機のために戦闘機一個中隊を用意しなければならなくなる。我々はそんなもののために多大な負担を強いられる。

問題はそれだけではない。日本軍は戦線を広げすぎてパイロットが足りなくなり、民族主義者たちは自民族のパイロットを欲しているとしたら、日本軍は民族主義者たちを自分たちの補完戦力として組み入れることさえ可能となる。

フィリップス中将はすっかり自分の分析に没頭し、その恐るべき結末に戦慄した一方で、自分たちを爆撃したのが全金属単葉機であったことは、すでに視界の中になかった。

そもそも彼は、自分たちに迫っている一一機の敵機でさえ眼中にない。

先ほどの爆撃で戦艦プリンス・オブ・ウェールズはほぼ無傷であった。つまりフィリップス中将は、戦艦プリンス・オブ・ウェールズは無敵だが、マレー半島は危ないと考えていたわけだ。

接近した一一機のうち、陸用爆弾を搭載しているのが七機、対艦徹甲爆弾を搭載しているのが四機だった。陸軍の支援という任務のために陸用爆弾が三分の二を占めていたが、三分の一は対艦徹甲爆弾であった。

一一機の臨時攻撃隊は、戦艦プリンス・オブ・ウェールズ一隻に攻撃目標を絞っていた。一一機しかおらず、しかも大半が陸用爆弾では戦力の分散など意味がない。

すでに戦艦プリンス・オブ・ウェールズも、敵が自分たちに攻撃を絞っていることはわかっていた。これに対して巡洋戦艦レパルスの反応は鈍かった。端的に言えば、できることはあまりない。

戦艦プリンス・オブ・ウェールズは自分自身で強力な対空火器を持っている。ここで下手にレパルスが接近しても、対空火器の補助にはさほどならないのと、不用意に接近すれば戦艦プリンス・オブ・ウェールズが機動戦に出た時、衝突の危険があった。

こういう場合の対空支援は駆逐艦の役割だが、駆逐艦は三隻しかない。レパルスの護衛にも必要なので、やはりあまり期待はできなかった。

Z艦隊の将兵は、一一機程度の航空機で戦艦プリンス・オブ・ウェールズがどうかなるとは思っていない。戦艦プリンス・オブ・ウェールズはドイツ空軍の猛攻でも沈められなかったのだ。

目視確認ができるようになると、高角砲やポンポン砲が空に砲弾を放つ。一機の戦爆がポンポン砲の集中砲火で撃墜された。

しかし、その仇を討つように徹甲爆弾が命中する。これは最初に命中した射出機甲板への二度目の命中だったが、最初の火災で周辺が弱くなっていることもあり、艦内に浸透し、防御甲板で爆発し、それを破壊した。

　この爆発は戦艦プリンス・オブ・ウェールズにとって思わぬ深手となった。この爆撃で機関部に八個ある罐室の一つが破壊され、さらに関連する機械室も影響を受け、速力が低下し始めた。

　それでも戦艦プリンス・オブ・ウェールズを停止させるほどではなかったが、二八ノットの最大速力は発揮できなくなった。

　急降下爆撃による命中弾はほかに四発あり、その中の一発は徹甲爆弾だった。艦尾部に命中して火災を起こしたが、それはなんとか消し止められた。ほかの三発の爆弾はポンポン砲を破壊したのが一発あっただけで、目立った損傷は与えずに終わった。

　ただ、この攻撃の何が原因かはわからなかったが、戦艦プリンス・オブ・ウェールズのレーダーはここで使用不能となった。

　さすがにレーダーが破壊されたのはフィリップス中将にも予想外のことであり、さらに罐の破壊はショックだった。ただ、彼が感じたショックは日本海軍航空隊の能力というよりも、無敵戦艦が傷つけられたことに対するものだった。

　ともかく相手がＭＡＣシップであるならば、攻撃はもう終わった。

　フィリップス司令長官にとっての懸念事項は、シンガポールで機関部の損傷が修理可能かどうかであった。修理不能となれば、早々にイギリスに戻るという選択肢も考えねばならない。

そうしたなかで巡洋戦艦レパルスより至急電が入る。

「敵航空隊一八機、接近中！」

フィリップス中将が最初にした命令は、報告が正しいかの確認であった。報告はどう考えても矛盾しているからだ。

最初の攻撃とこの攻撃で、敵機の総計は三〇機。そこそこ大きな空母が存在することになるが、それなら索敵機を除いても二〇機以上の戦力が攻撃隊に投入されるはず。一一機と一八機に分ける理由がわからない。どう考えても、それは合理的と思えない。

だが、レパルスは一八機の攻撃隊であると言う。

「ＭＡＣシップが二隻いるのでしょうか」

先ほどの参謀がそんな意見を述べる。しかしフィリップス中将は、自分は根本的な部分で何かを間違えたとしか思えなかった。

5

この時、空母雪鷹からの第一次攻撃隊の戦爆一八機は、全機が徹甲爆弾を装備していた。これが雪鷹に積まれている徹甲爆弾のすべてだった。

第二次攻撃隊は通常の陸用爆弾だけになるが、的場も荻島も、この場面で徹甲爆弾の投入を躊躇《ためら》わなかった。

自分たちが第二次攻撃隊を出す頃には、仏印の陸攻隊も攻撃に加わるはずである。空母雪鷹がどこまで戦えるか確かめられるのは、事実上、この第一次攻撃隊だけなのだ。徹甲爆弾を惜しんでなどいられない。

　この時点で、巡洋戦艦レパルスは戦艦プリンス・オブ・ウェールズの機関部の損傷を把握していなかった。そのため第一次攻撃隊が現れた時、二隻の間隔は通常の二キロではなく、四キロほど離れていた。

　これは単純な連絡ミスによるもので、レパルスも距離が開いたことは気がついていた。そこに日本軍機が現れたことで、テナント艦長はフィリップス中将にはなにか考えがあって、二隻の距離をあけたと判断した。

　互いにレーダーは搭載していたので、テナント艦長は戦艦プリンス・オブ・ウェールズもやはりレーダーで敵編隊を捕捉したので、距離をあけたと解釈したのだ。

　時間にすれば五分とか一〇分ほどの連絡の悪さであったが、航空戦では大きな結果の違いとなった。

　一八機の戦爆の編隊からは、戦艦プリンス・オブ・ウェールズが自分たちを迎え撃ち、レパルスは退避に入っているように見えた。さらに、先ほどの戦闘による火災の痕跡は残っており、その点からも彼らは攻撃目標を戦艦プリンス・オブ・ウェールズに絞っていた。

　先鋒となる戦爆三機が狙ったのは、いまだ火災の痕跡が残る二つの煙突の間、水偵甲板のあたりである。ここには爆弾が命中しているから、二五〇キロ爆弾で結果を出すなら、弱くなった場所を狙うべきという判断だ。

　この判断は的確で、先の攻撃によりその周辺の対空火器は弱くなっていた。そこに三機の戦爆がつるべ落としで急降下爆撃を仕掛け、二発の爆弾が命中した。ほぼ同じ場所に爆弾が三回（厳密には四回）命中したようなものだ。

通常なら二五〇キロ爆弾程度で戦艦プリンス・オブ・ウェールズが深手を負うようなことはない。だが、ほぼ同じ場所に三度も爆弾が命中するようなことは想定していない。

そもそも戦艦は砲戦を前提としており、装甲に砲弾が命中することは想定していても、同じ箇所への命中は確率的に低すぎるため考慮されていない。

だが航空攻撃は違う。命中精度の高い急降下爆撃なら、ピンポイントは難しいとしても、特定の領域に何度でも攻撃を仕掛けられるのだ。

そして、この爆撃は戦艦プリンス・オブ・ウェールズにとって深刻な影響をもたらした。二度目の爆撃で八個ある罐の一つが破壊されていたところに、さらに二発の二五〇キロ爆弾が命中した。

すでにこの部分の装甲は突破されており、爆撃は機関部で広がった。さすがにすべての罐が破壊されるには至らなかった。しかし五個の罐が破壊され、可動するのは二個のみとなった。

しかも、破壊された罐からの高圧蒸気が機関部へ爆発的に広がり、機械室二つも稼動を停止した。この高圧蒸気の爆発で、ディーゼルやタービン発電機もまた、八個のうち六個までが機能停止することとなった。

そのため戦艦プリンス・オブ・ウェールズの対空火器は、電力不足により停止してしまう。電話も使えなければ連絡手段も遮断され、一部では照明も止まった。

対空火器が沈黙しているなかで、残り一五機の戦爆が二五〇キロ徹甲爆弾を次々と投下する。命中したのは一〇発であったが、それらは甲板の防御装甲を貫通し、次々と艦内で爆発した。戦艦プリンス・オブ・ウェールズは深刻な火災に見舞われた。

戦艦プリンス・オブ・ウェールズが日本軍機になす術もなく爆撃されながらも、フィリップス中将はそれほど事態を悲観していなかった。

一つには、戦艦プリンス・オブ・ウェールズは艦内火災が生じていたとしても、浸水はしていなかったためだ。さらに、機関部は甚大な被害を受けていたが、その報告が上に届いていなかったこともあり、船が自力で航行できることから損傷は軽微と考えていた。

しかし、それでも情報は着実に集まってくる。電話が使えないなかで各部門から伝令が集まってきた。

「司令長官、退艦準備を。将旗をレパルスに移してください」

リーチ艦長が悲痛な表情でフィリップス中将に提案する。

「退艦だと、何を馬鹿なことを……」

そう言いかけたフィリップス中将だったが、リーチ艦長の表情にその言葉を飲み込む。そして艦長は続けた。

「本艦が沈むことはありません。しかし、部隊の指揮を執るにはその能力は十分とは言えません。

損傷は予想以上に深刻です。私はここで指揮を執りますが、長官はレパルスで部隊指揮を執ってください」

すぐに駆逐艦エクスプレスが呼ばれ、フィリップス中将はそれに移乗し、巡洋戦艦レパルスへと向かった。

駆逐艦で移動中のフィリップス中将は、そこではじめて客観的に戦艦プリンス・オブ・ウェールズの惨状を目にすることとなった。

確かに自力航行しており、沈んでもいない。だが、煙突の間を中心として明らかに激しい火災が起きている。

艦長が残るからには鎮火の目処は立っているのだろう。しかし、日本軍機の前に対空火器が沈黙を続けているのは、大規模な電源遮断が起きているからだろう。

こうなると、戦艦プリンス・オブ・ウェールズは戦線離脱を余儀なくされよう。それはいいが、だとすればＺ艦隊はどうすべきなのか？

戦艦プリンス・オブ・ウェールズをエスコートしながら、レパルスともどもイギリスに戻るという選択肢が、まず考えられる。おそらく戦艦プリンス・オブ・ウェールズの損傷は、シンガポールでも完全に修理することはできないだろう。

あるいは、戦艦プリンス・オブ・ウェールズはシンガポールに在泊させて要塞として活用し、部隊としては巡洋戦艦レパルスを中心として機動戦を行うという選択肢もある。

そう、選択肢はまだ複数あるのだ。しかし、いま考えるべきは、ここからどうするかと、この先どうするかの二点だ。

そして、これらは連動する。ここでどうするか、その判断によって、この先どうするかが決まる。

フィリップス中将にとっては、ＭＡＣシップとなった病院船大雪を撃沈するのがいまなすべきことだった。ＭＡＣシップによりＺ艦隊が撃退されたという結果を甘受するわけにはいかない。

イギリス海軍の名誉もあるし、そもそも大雪を攻撃しようとしているのは、それらが民族主義者に武器を提供するからだ。

日本のＭＡＣシップがイギリス海軍の最新鋭戦艦を降したとなれば、民族主義者の士気は否応なく上がる。それはイギリスの植民地支配にとって最大の脅威だ。だからこそ、沈めねばならぬ。

一方で、巡洋戦艦レパルスは可能な限り無傷でいなければならない。なぜなら、これはＡＢＤＡ艦隊の中で唯一の主力艦であるからだ。

いまは駆逐艦も満足にない状態ゆえに日本軍に遅れを取ったが、ＡＢＤＡ艦隊の編成が完結したならば、レパルスの主砲で日本艦隊を粉砕することは十分に可能だ。だからこそ、レパルスは沈められない。

「攻撃継続だ！」

巡洋戦艦レパルスに将旗を移したフィリップス中将は、病院船大雪への攻撃続行をテナント艦長に告げた。

「敵はＭＡＣシップだ。ならばこれ以上の継戦能力はあるまい」

「確かに敵も限界のはずです」

テナント艦長も言う。じつのところ、彼はそうは口にしたものの、自分たちは状況を完全には掌握していないという疑念があった。

　ＭＡＣシップの話にしても事態の説明はつくが、当たっているかどうかはわからない。

　通信傍受によれば、日本海軍の大型正規空母は六隻すべてが瀬戸内海にいることがわかっている。空母がないわけじゃないのに、どうして航空戦力にＭＡＣシップを使うのかには疑念がある。

　もっとも、日本海軍は空母部隊で真珠湾を奇襲したという情報もあるが、混乱しているシンガポールでは事実関係は整理されていない。

　とりあえず、戦艦プリンス・オブ・ウェールズは駆逐艦エクスプレスを伴い、シンガポールに向かわせた。

　病院船大雪を攻撃するのは自分たちだ。テナント艦長はその覚悟を決めた。そうしている間にレーダー室から報告が入る。

「前方二七浬（約五〇キロ）先に大型船舶の反応あり！　病院船大雪と思われる！」

　航空機は帰還機が捕捉できているだけで、それ以外の姿はレーダーにもない。

「砲撃で仕留めましょう」

　テナント艦長はフィリップス中将に言う。

「マレー半島を守るために。あそこは我々の土地です」

第4章　死闘！

1

　空母雪鷹を病院船大雪と思い込んでいた巡洋戦艦レパルスが、レーダーでその艦影を捉えた頃、その空母雪鷹からは一八機の戦爆隊の第二次攻撃隊が出撃を始めていた。攻撃目標は言うまでもなく、戦艦プリンス・オブ・ウェールズである。

　この時点で九五式偵察機は空母に戻っており、索敵隊や第一次攻撃隊は帰還の途上であり、Z艦隊の周辺には何も飛んでいない状況が生じていた。

　そして、この間に巡洋戦艦レパルスは前進し、戦艦プリンス・オブ・ウェールズは後退していた。

　そのため第二波の攻撃隊が遭遇したのは、満身創痍の戦艦プリンス・オブ・ウェールズではなく、無傷のレパルスであった。

　第二次攻撃隊の指揮官は迷った。満身創痍の戦艦プリンス・オブ・ウェールズを自分たちの爆撃で沈められるかもしれない。その期待を胸に出撃していたため、無傷の巡洋戦艦の接近は予想外だった。

　彼としては、戦艦プリンス・オブ・ウェールズをレパルスがエスコートして撤退する可能性までしか考えていなかった。まさか向かってくるとは……。

しかし、驚いてばかりもいられない。決断を迫られた彼は、全機に対してレパルスへの攻撃を命じた。

雪鷹は商船改造空母であり、装甲など施されていない。レパルスの砲撃を受けたら、空き缶を小銃で撃ち抜くように穴だらけになるだろう。雪鷹はレパルスの三八センチ砲どころか、駆逐艦の一二・七ミリ砲でも撃破されてしまう船体である。

指揮官は三機一組、六組のチームで全方位から攻撃するように命じた。対空火器を分散させるためだ。

戦艦プリンス・オブ・ウェールズを攻撃した時は、彼らは日本軍の航空機を見下していたこともあり、対空火器が能力を発揮する前に電力の喪失という事態になった。

しかし、レパルスはすでに戦艦プリンス・オブ・ウェールズで起きたことを知っている。だから彼らに同じ過ちを期待することなどできなかった。

じじつ巡洋戦艦レパルスの対空火器は重厚で熾烈を極めた。最初の三機は戦艦プリンス・オブ・ウェールズと同じ感覚で接近したが、すぐに二機が撃墜された。特に至近距離では、ポンポン砲の威力は無視できなかった。

ただ、戦爆のほうも鋭角な急降下爆撃を試みていた。爆弾は陸用爆弾ながら一発が命中し、さらに、撃墜された戦爆の一機が燃えながら艦橋構造物に激突した。この時は豪胆で知られるテナント艦長さえも床に隠れたと言う。

この艦橋への戦爆の衝突では、火がついて爆散した機体ごと周囲に燃料が四散した。この程度のことで巡洋戦艦はどうなるものでもないが、周囲の人間はこれにより行動を制約された。炎は広がり、鎮火に動かねならないからだ。

　そして攻撃隊は、この爆発の瞬間を見逃さなかった。火災の黒煙が対空火器の視界を遮《さえぎ》るなか、ほかの戦爆は果敢に突撃し、爆弾を投下する。

　あいにくと火災の黒煙は爆撃の視界も遮った。それでも一五機の爆撃のうち、一〇発が命中した。ただ、やはり陸用爆弾である。対空火器に対してはそれなりの効果があり、甲板上は炎に包まれているように見えたものの船体はほとんど無傷であった。

　レーダーはさすがに使用不能となったが、すでに敵の姿はわかっている。空母とおそらくは駆逐艦が一隻。それがすべてだ。


　その間にも巡洋戦艦は速力を上げていた。三〇ノットの速力でレパルスは空母雪鷹に向かった。

「病院船ではなかったのか？」

　テナント艦長は、ようやく水平線に姿を現した敵艦の姿に驚いた。病院船でもＭＡＣシップでもなく、あれは明らかに空母である。

　病院船大雪を撃破すべくここまでやってきたが、それはいなかった。しかし空母がいるなら、獲物としては十分だ。

「最大射程で砲撃開始！」

　テナント艦長はフィリップス中将の許可を得て、攻撃を開始した。

２

「巡洋戦艦が本艦に接近しているだと！」

　的場艦長にとって、それは予想外の展開だった。戦艦プリンス・オブ　ウェールズを退避させ、巡洋戦艦レパルスだけが突進してくるとは思わなかった。

　そもそも敵は、どうして自分たちの所在を知っているのか？　敵艦は水平線の向こうにいたのではなかったのか？

　状況はわからないが、空母雪鷹の周辺に水柱が上ったのは間違いのない事実だ。さすがに遠距離すぎて苗頭《びょうとう》も距離もずれていたが、それらは距離が接近すれば修正されることは明らかだ。

　空母雪鷹は商船改造空母なので最大速力で二六ノット、対して巡洋戦艦は三〇ノットだ。

　的場艦長は雪鷹を反転させ、可能な限りレパルスから離れようとした。それでも毎時七キロ程度の速度で両者の距離は接近する。このまま逃走を続けても、遅くとも一時間以内に雪鷹は巡洋戦艦レパルスの砲撃に倒れることになるだろう。

「第三次攻撃隊は出せるか？」

　的場艦長の問いに対して、荻島飛行長の返答は厳しいものがあった。

「可能ですが、本艦の爆弾の定数は二回出撃分だけです。すでに陸軍部隊の支援で消費した分があり、第三次で出せるのは一八機が限度です。それ以上は爆弾がありません」

　的場にとってそれは厳しい現実だが、無視はできない。そもそも、雪鷹単独でＺ艦隊と戦うとは誰も考えていなかったのだ。

それに二回出撃分という数字も少ないとは言えない。雪鷹は搭載していないが、開戦時の航空魚雷の保有数が約一〇五〇本であり、これが空母や陸上基地を含めたすべての備蓄分であった。

海軍としては「全機二回出撃分」が航空魚雷調達の目処であったが、充足率は四五パーセント程度というお寒い状況だった。

ちなみに軽量航空魚雷は爆弾扱いであり、この航空魚雷の数には入っていない。艦政本部と航空本部の軋轢《あつれき》はいまも続いていたのである。

結果、軽量航空魚雷の生産数はいまだ少なく、雪鷹にはまわってきていない。倉庫には備蓄されているが、配備は遅れている。


それに、雪鷹は陸軍部隊の支援が主たる任務なので、軽量航空魚雷よりも爆弾を優先されたのであった。

雪鷹はレパルスの前方を蛇行しながら航行していた。直進は砲撃に有利であるからだ。

そのため戦爆の発艦間隔は通常より迅速にはいかなかった。カタパルトが使えるといいのだが、装備はされているものの調整に手間取り、利用できない状態のまま作戦に投入されていた。

つまり、戦爆は風向きが合うタイミングでしか発艦ができない。集団でのレパルス攻撃は難しかった。

しかし、そうした一八機の戦爆の攻撃は無駄ではなかった。レパルスは三八センチ砲を六門搭載するが、全速力で雪鷹を追撃しているため、砲撃に使えるのは艦首の砲塔二基四門であった。

砲弾の命中は確率に依存するから、四門での命中率は六門より低下するのは必然だった。この点でレパルスは非効率な戦い方をしていたが、彼らの主観では空母など三八センチ砲四門で十分という認識であった。

その四門の砲撃も爆撃のたびに中断せねばならなかった。テナント艦長も、戦艦プリンス・オブ・ウェールズが日本軍機の爆撃で深手を負ったことは知っている。可能であれば爆撃は避けたいので、日本軍機を回避するために針路変更をしたからだ。

そのため、なかなか照準を定められなかったものの、戦爆の攻撃もかなり回避できた。また、命中弾も陸用爆弾であったことで、それほどの損傷を与えられずにいた。火災はいくつか起きていたが、巡洋戦艦を沈めるには至らない。

一八機目の戦爆が爆撃を終えた時、巡洋戦艦レパルスは甲板の上で火災が起きているものの、相変わらず三〇ノットで前進していた。

そして、ついに巡洋戦艦レパルスの放った砲弾が空母雪鷹を挟叉《きょうさ》した。

「装填急げ！　これで終わりだ！」

テナント艦長が命じた時、見張員が叫ぶ。

「左舷より敵編隊！」


伊号第五八潜水艦がZ艦隊を見失った頃、南部仏印のサイゴンから陸攻隊が出撃していた。

まず索敵機九機を発進させ、さらにその三時間後の九時半までに本隊を出撃させる。索敵機が発見した部隊に、時間差で発進した空襲隊が順次攻撃をかけるためだ。

時間差を置くのには、しかるべき意味がある。

最初に発進する甲空襲部隊は九六式陸攻が二六機、次に出動する乙空襲部隊は九六式陸攻が三三機、そして丁空襲隊の一式陸攻二六機が殿《しんがり》となる。

これは九六式陸攻と一式陸攻を同時に出撃させた場合、九六式を一式が追い抜いてしまうためだ。小澤司令長官としては、八五機の空襲隊が同時にZ艦隊を襲撃するようなことまでは望んでいなかったものの、現場での波状攻撃は望んでいた。

そこで、Z艦隊が活動していると思われる領域で、三つの空襲隊の足並みが揃うタイミングをこの時間差に含ませたのだ。

順番から言えば、索敵隊の一機が空母雪鷹の無線を傍受し、帰還燃料のギリギリまで接近し、戦艦プリンス・オブ・ウェールズと遭遇していた。

一説によれば、雪鷹の無線傍受ではなく、洋上に一条の黒煙が昇るのが見えたから戦艦プリンス・オブ・ウェールズを発見できたとも言われている。

いずれにせよ、索敵機はこの時、戦艦プリンス・オブ・ウェールズを発見していた。ただ、彼らは巡洋戦艦レパルスまでは確認できていなかった。

この時、リーチ艦長が思っていた以上に艦内火災は深刻なものになっていた。なんとか五ノット程度で自力航行はできたものの、電力の不調は深刻で、彼らは無線通信さえ思うに任せない状況だった。そのため戦艦プリンス・オブ・ウェールズは巡洋戦艦レパルスに、陸攻隊との接触を知らせることができなかった。

索敵機は戦艦プリンス・オブ・ウェールズに対

して爆撃を仕掛けた。搭載していたのは五〇〇キロ徹甲爆弾であった。

水平爆撃の命中精度は決して高くないが、この時、すでに戦艦プリンス・オブ・ウェールズの対空火器は全滅していたも同様だった。電力不足で動かせなかったためだ。

索敵機の側も、たった一発の爆弾なので照準は慎重だった。風向きや偏流については、戦艦の黒煙から読み取れた。

こうして彼らは爆撃を実行した。徹甲爆弾は命中し、艦内で爆発した。

驚くべきは、この段階でも戦艦プリンス・オブ・ウェールズは浸水せずに航行していたことである。駆逐艦が外部から放水を行い、なんとか鎮火しようと最大限の努力を払っていた。

一方、空母雪鷹の報告と索敵機の報告により、もっとも早く現場に現れたのは一式陸攻の丁空襲隊の雷撃中隊だった。彼らは前方の黒煙から空母雪鷹に接近する戦艦を戦艦プリンス・オブ・ウェールズと思い込んでいたが、それは巡洋戦艦レパルスだった。

この間違いはすぐにわかったが、それで陸攻隊がレパルスを見逃すわけがない。

陸攻隊の視点では、レパルスもかなりの深手を負っているように見えた。じっさいレパルスもレーダーが破壊されるなど、対空火器にも損傷を負っており、特に高射装置など照準器関連への損傷は深刻だった。

雷撃中隊の九機の陸攻は右舷から六機、左舷から三機が接近していた。テナント艦長は、いままでの日本軍機の爆撃でもレパルスに致命傷を与えられなかったことから、雷撃機の脅威よりも空母雪鷹の撃沈を優先していた。

日本軍機の攻撃で多少傷ついたとしても、日本軍空母を撃沈できるチャンスを見逃せないとの判断からだ。すでに砲撃は挟叉弾を出している。

そして、巡洋戦艦レパルスは再度の砲撃を行った。しかし、空母雪鷹の的場艦長はすでに挟叉弾が出る前から大きく転舵しており、大型艦ゆえに慣性が働いていたが、この斉射の前にようやく針路変更ができた。

そのためレパルスの砲弾は、近弾であったが命中弾は出なかった。挟叉弾が出てからなら転舵は間に合わなかったが、的場艦長はその前から舵を切っていた。この微妙なタイミングが二隻の間の明暗を分けた。

そして転舵しなかったことで、巡洋戦艦レパルスは右舷に五本、左舷に二本の計七本の魚雷を受けてしまった。

この雷撃の威力は絶大だった。巡洋戦艦レパルスは最初の被雷から、わずか五分で左舷に大きく傾斜して沈没してしまう。

短時間の沈没にもかかわらず、一三〇九人の乗員のうち、テナント艦長を含む八〇〇名近い乗員が駆逐艦に救助されたのは奇跡に近かった。

この頃になって現れたのが甲空襲隊だった。すでに巡洋戦艦レパルスの影はなく、彼らは航行中の戦艦プリンス・オブ・ウェールズを発見した。

空襲隊はまず水平爆撃を行ったが、この時の爆弾は一発も命中しなかった。これは戦艦プリンス・オブ・ウェールズの速力が五ノット程度であったのに対して、爆撃隊は一五ノットの速力を設定していたためであった。自力航行していることで、彼らは速力を高めに見積もっていた。

それとは別に、九機の雷撃隊が戦艦プリンス・オブ・ウェールズに迫る。やはり六機と三機に分かれ、左右両舷から攻撃し、七本の航空魚雷が命中した。

この雷撃で戦艦プリンス・オブ・ウェールズの機関部は完全に破壊され、すべての動力を失った。そして船体は急激に傾斜し始める。

ただ、満身創痍であることはわかっていたため、リーチ艦長は攻撃された時点で、総員退艦の準備を進めていた。これにより一六〇〇名の乗員のうち、戦死者は一〇〇名前後にとどまった。

この戦艦プリンス・オブ・ウェールズの撃沈をもって、後にマレー沖海戦と呼ばれることになる戦闘は終わった。一二月一〇日一四一〇のことだと言われている。

3

昭和一六年一二月二五日。

空母雪鷹は横須賀海軍工廠にあった。的場艦長は日本に戻ったものの席があたたまる暇がなかった。イギリス海軍が誇る無敵艦隊を航空隊だけで撃破してしまったのだ。この歴史的海戦を分析するためには、的場艦長の証言や分析が不可欠だからだ。

航空機で戦艦を撃破可能であることは、その前の空母機動部隊による真珠湾攻撃で証明されていたが、海軍内には「停泊中の戦艦は撃破できるだろうが、活動中の戦艦には機動力もあれば対空火器もある。それらに対して航空機では戦艦は降せまい」という意見も根強く残っていた。

だが、そうした意見もマレー沖海戦により覆された。活動中であれ、停泊中であれ、空母部隊には戦艦とて無力な存在となった。

これに関連して海軍関係者に衝撃を与えたのは、空母雪鷹の善戦である。雪鷹単独では戦艦プリンス・オブ・ウェールズを仕留めることはできなかったものの、その攻撃により世界最強戦艦の一つをほぼ無力化したことは航空戦力の破壊力を印象づけた。

これは日本側の意見だけでなく、友軍に救助されず漂流中だったイギリス海軍将兵の証言からも裏付けられた。それにはイギリス側は空母雪鷹を終始、病院船大雪と思い込んでいたという情報も含まれていた。

ともかくこうした分析からすれば、陸軍部隊支援を命じられていたため陸用爆弾中心の雪鷹が、もし徹甲爆弾を十分に持っていたら、戦艦プリンス・オブ・ウェールズを単独で撃沈できた可能性が高かったという結論が導かれたのである。

陸軍部隊の作戦支援を命じられていた雪鷹であったが、「補給と修理のため」という口実で日本に呼び戻されると、次の作戦に備えていくつかの改善が行われた。

まず、開戦により放置状態だったカタパルトの完成が一つ。これに伴い九六式艦攻が戦爆の消耗を埋めるためとして三機配備された。

　これは、九五式偵察機が一機では偵察任務に支障を来すことが多いとの反省から配備されたものだ。ただ、九五式偵察機は降ろされることなく、そのまま残された。

　その結果、雪鷹の艦載機は一式戦爆が四五機、九六式艦攻が三機、九五式偵察機が一機の計四九機となった。そのぶん補用機は削られた。

　艦攻の配備には、もう一つ意味があった。つまり、カタパルトの本格整備と合わせて雷撃能力の付与である。

　先のマレー沖海戦で指摘されたのは、雪鷹に雷撃能力があれば、戦艦プリンス・オブ・ウェールズは撃沈できたのではないかということだ。

　ここにも、じつは航空本部と艦政本部の航空魚雷の所管に関する権限問題が影響していた。艦攻で雷撃できるなら通常の航空魚雷、つまり艦政本部所管の航空魚雷が配備できる。

　一方の航空本部側も、陸用爆弾を減らして徹甲爆弾を増やすほか、軽量航空魚雷も爆弾の一種として優先的に積み込むようにしていた。

　戦艦プリンス・オブ・ウェールズを撃沈まで追い詰めた殊勲賞ものの空母ゆえに、どの航空魚雷で戦果を出すかは重要な問題だったのだ。

　さらに、的場艦長があちこちの会議に出席を強いられたのは、雪鷹が商船改造空母であるからだった。

　新鋭の瑞鶴《ずいかく》や翔鶴《しょうかく》が戦艦プリンス・オブ・ウェールズを撃沈したと言うならまだしも、いままでの海軍の常識では海軍艦艇として傍流としか考えられていなかった商船改造軍艦が、イギリス最強戦艦を撃沈寸前まで追い込んだという事実は、海軍戦備の考え方を一八〇度変えたといっても過言ではない。

これにより海軍関係者の逓信省型貨物船に対する認識が一気に改まった。それまではほとんど無関心だったものが、主力艦を降せる改造空母のプラットホームとして認識されるようになったのだ。

じつは日華事変が泥沼化し、為替問題から輸入品の価格が高騰するなかで、逓信省型貨物船はそれまでの図面を踏襲しつつも機材の節約と構造の簡易化で、より量産性を高めた改逓信省型貨物船へと進化していた。

建造中の貨物船は工事の進捗状況により、改良図面に切り替えるものと、そのまま工事を完了するもの、あるいは折衷にするものの三つに分けられ、昭和一六年秋の時点では、すべてが改良図面で建造されるようになっていた。

もともと逓信省型貨物船が海軍軍務局と深い関わりを持っていたため、これらの貨物船を海軍艦艇に改造することは容易だった。まず、それまで存在していた客船型は姿を消し、貨物船と貨客船の二種類しか建造されない。

前者は空母への改造を意識し、後者は仮装巡洋艦や潜水母艦などの支援艦艇への改造を意識していた。

ただ、こうした地味な作業は花形の軍令部作戦課のような部局ではあまり意識されていなかった。それがいま、脚光を浴びたのだ。

ともかく、いままで補助戦力程度の存在でしかなかった商船改造空母が、敵主力艦を撃破できる存在になったとなると、作戦の立て方も一変する。戦艦の建造には四年も五年もかかるが、商船改造空母なら数ヶ月で戦力化できるからだ。

じっさい一部の逓信省型貨物船はすでに改造されていたり、最初から船型を踏襲しつつも中型空母として建造されていた。

しかし、すべての貨物船が軍艦に改造されていたわけではなく、大半はそのまま貨物船として建造されていたのである。

理由の一つは、改逓信省型貨物船は言うまでもなく逓信省が所管官庁であり、海軍といえども無条件で言い分が通るわけではなかったこと。もう一つは、改逓信省型貨物船は民間、陸軍、海軍と割り当てられていたため、民間と陸軍の割当までは改造できないためである。

海軍においてさえ「軍艦に改造してしまえ！」という意見は、必ずしも主流とは言いがたかった。軍務局などでは輸送任務のための船舶が必要で、輸送力効率化のために優秀商船を建造していたなかで、それらを右から左に軍艦に改造するという話は受け入れられなかった。

開戦前に大本営が作戦計画を練るなかで、日本の継戦能力の最大のネックは海上輸送力という分析が出ていただけに、優秀商船の軍艦化はそうした観点からは継戦力の弱体化とも言えるのだ。

この議論への決着はついておらず、そのあおりで的場艦長も、主催者が逓信省か海軍軍令部か海軍省かが違うだけの、似たような面子の似たような会議への出席を求められているらしい。

その間に副長の杉山《すぎやま》中佐は、雪鷹の各種工事を監督していた。中心となるのはカタパルトだが、ほかにも爆弾庫や艦攻搭載に伴う魚雷庫の増設なども監督しなければならなかった。

魚雷庫の増設は爆弾庫との割り振りを調整すればよかったが、魚雷を調整する人員の場所を設ける必要もあった。

「副長、戦時下というのはわかるんですけど、なんでここまで期日にうるさいんですか」

荻島飛行長も機体や搭乗員や整備員の増員に忙殺されていた。幸いにも元客船なので、乗員の増員に対応できる余地はあったが、ガンルームやワードルームの再設定や階級ごとの部屋の割り振りという問題があった。

これには空母という航空基地を載せた軍艦では、戦艦などと比較して下士官の比率が高いことがある。専門技能を持った人材が大量に必要という空母の性質からして、下士官比率の増大は不可避と言えた。

そして、増員分はまさに下士官であった。将校や水兵も増やされているが、中心は下士官である。その対応だけでも大変なのに、編成完結までの期日だけは厳格だった。

「自分にもはっきりとはわからんが、予定を繰り上げて再度出撃ということになるらしい。まぁ、いまのところ噂でしかないが、期日が厳しいというのはそういうことだろう」

「出撃の前日に命令されるってことですか」

「たぶんそうだろう。機密保持の観点からな。次はたぶんアレだ」

「あぁ、アレですか」

荻島には杉山の言うアレの意味がわかった。日本はすでにマレー半島やフィリピンに兵力を進めていたが、それには資源地帯の確保の意味もあるものの、主たる目的は英米艦隊を奇襲攻撃で撃破し、制海権を確保することにある。

安全を確保した後に、日本は本命である蘭印の油田地帯を確保するのだ。作戦の手順としては、そういう流れになる。

そして、日本に戻った雪鷹に再度の出撃を促すとなれば、蘭印作戦以外には考えられない。

「しかし、蘭印作戦に投入されるのは嵐鷹ではなかったですか」

嵐鷹は雪鷹の姉妹艦であったが、雪鷹が商船改造だったのに対して嵐鷹は客船ではなく、そのまま雪鷹と同型の空母として建造されたものだった。姉妹艦のように南方侵攻作戦には参加せず、現在は錬成中のはずだ。

「嵐鷹も参戦する。あれだな、我々が戦艦プリンス・オブ・ウェールズを沈没寸前まで追い詰めたことで、軍令部も考えを変えたらしい」

「一隻より二隻のほうが強力だからですか」

二隻が戦隊を組めば、一〇〇機近い航空兵力となる。これは確かに無視できない戦力だ。

「戦力のこともそうなんだが、軍令部の狙いは別だ。飛行長もわかるだろうが、今回の作戦で大規模な増員があっただろう。しかも下士官ばかり」

「ええ、少し不自然には思いましたけどね」

「嵐鷹も同様らしい。つまりな、この二隻で作戦を行うことで、かなりの人員が実戦経験を積むことができる。

　的場さんによると、軍令部も海軍省も雪鷹型空母を量産するらしい。しかし、空母は量産できても乗員はそうはいかん。だから、これから量産する空母を短期間で戦力化するためには、人材育成をせにゃならん。

　今回の増員はその布石だ。この作戦で経験を積んだ熟練搭乗員と若年搭乗員を組ませて四番艦、五番艦の乗員を揃えるって寸法だ」

　そうして空母雪鷹、嵐鷹に第一二駆逐隊の叢《むら》雲《くも》・東雲・白雲《しらくも》を加えた戦力で、浅川司令官による第一四航空戦隊が編成されるのだった。

4

　一二月八日からのマレー半島侵攻、フィリピン攻略は順調に進んでいた。すでに英米の航空基地は大半が撃破され、日本陸海軍の航空隊が進出していた。

　この状況を鑑みて、連合艦隊司令長官山本五十六は第二期兵力部署を発動し、蘭印攻略を具体化させた。

　まずボルネオ、セベレス、北部オーストラリアを攻撃し、油田地帯確保のための包囲網形成を意図したものである。

　第一四航空戦隊の新編も、こうした油田地帯確保のためであった。ある意味、ここからの作戦こそが、日本が戦争を始めた目的とも言えた。

　一方で、連合国側もこうした動きは十分に理解していた。日本側は知らなかったが、ＡＢＤＡ包囲網を構成する関係国は、蔣介石の国民党政府とも ども日米交渉の推移を注視していた。

　より正確に言えば、日本はアメリカ一国と交渉しているつもりだったが、アメリカは日本との交渉と並行して、これらの国々と日本に対する対応を協議していたのである。

　アメリカの対応に、時に一貫性が見られないように思われたのも、それはアメリカの意思と言うより、連合国との協議の結果であった。

　大きく分けるなら、アジアで事を起こしたくないアメリカとイギリスに対して、日本の脅威を直接感じているオーストラリア、ニュージーランド、中国、オランダは強硬姿勢にあった。

　特にオランダと中国は、自分たちを犠牲とする形での宥和政策には強い反対姿勢を示していた。

　話が厄介なのは、アメリカやイギリス政府内にも融和派と強硬派がいたことで、国家意思としては微妙なバランスの上に融和派が優位に見えたことである。ところが、ここで日本の仏印進駐が起こり、バランスは強硬派優位に傾いた。この点で、日本は自分自身で和平交渉を失敗させていたことになる。

　こうした状況のなかで、ついに日本と連合国との戦争に至る。

　戦争までの外交交渉の経緯などから連合国も、日本軍が蘭印の油田地帯を占領するつもりなのはわかっていた。日本軍部隊が蘭印に侵攻するのは明らかであり、連合国軍としてはそこに戦力を集中すればよさそうに見えた。

じじつ開戦前は、そうした検討もなされていた。ABDA艦隊にイギリスの戦艦プリンス・オブ・ウェールズや巡洋戦艦レパルス、さらに空母という軍艦を計画通りに編入できていれば、確かにそれも可能であったかもしれない。

しかし、戦艦二隻はマレー沖海戦で失われてしまった。ABDA艦隊にあるのは重巡と軽巡、それに駆逐艦部隊である。

とはいえ、日本軍とて常に空母や戦艦を投入するわけではなく、戦いの場面を間違えなければ、ABDA艦隊は日本軍にとって侮れない存在となる。これもまた事実だ。

問題は戦争が現実のものとなったいま、関係国間の利害の違いが明らかになっていたことだ。イギリスにとっての最重要課題はシンガポールの防衛とインド洋への出口の確保にある。

オランダは当然のことながら、自国の植民地の確保である。本国がドイツ軍に占領されているからこそ、植民地を失うわけにはいかないという事情がある。

一方で、アメリカとオーストラリアは南方から南西方面の拠点を日本軍が攻略して来ることこそ、脅威であった。

こうしたなかでアメリカのアジア艦隊司令長官トマス・C・ハート大将は、一二月二六日にフィリピンのコレヒドール島を潜水艦により脱出、翌年一月一日にインドネシアのスラバヤに上陸していた。

彼は関係諸国に働きかけ、連合国軍は一丸となって日本軍を迎え撃たねばならないと主張した。

彼は、米艦隊はバリ島以東の防衛を担当、イギリス艦隊は米艦隊の両翼を防衛し、オランダ艦隊はジャワ島方面の防衛を担当するとした。

そうしたなかで日本軍の動きが活発化しているとの報告から、マカッサル海峡で米潜水艦六隻とオランダ潜水艦二隻を哨戒任務につかせ、日本軍に備えさせた。

そんな時、海峡の赤道付近で潜水艦スタージョンがパリクパパン方面に向かうと思われる日本船団を発見した。

スタージョンは、船団には空母が含まれておらず、護衛戦力も軽巡と駆逐艦、ほかは駆潜艇などの規模であることを打電した。


彼らは警護の軽巡洋艦那珂《なか》への雷撃を行ったが、この時の潜水艦の魚雷は信管の調整ミスなのか、海上の波浪の衝撃で次々と起爆してしまった。スタージョンはこれで軽巡洋艦を撃沈したと報告したが、軽巡洋艦那珂は無事であり、自分たちが敵潜に発見されたことを知った。

駆逐艦はスタージョンを攻撃しようとしたが、スタージョンはなんとか逃げ切った。ただ、再度の攻撃はできなかった。

いわゆるＡＢＤＡ艦隊と日本艦隊との戦闘は、この時から始まった。


空母雪鷹と嵐鷹による第一四航空戦隊の初陣は、パリクパパンの油田攻略作戦への参加であった。

第一四航空戦隊の任務は、上陸部隊の警護とパリクパパン攻略に先立ち、要衝であるケンダリー飛行場の攻撃にあった。

　ケンダリー飛行場さえ破壊すれば、部隊警護は半分、それで成功したようなものだった。制空権を確保するというのはそれだけ重要なのだ。

　しかし、軽空母二隻を投入するのはそれだけが目的ではない。商船改造空母といえども二隻合わせれば、艦載機数は一〇〇機になろうというのだ。そこにはさらなる目的がある。

　それは、商船改造空母ながら戦艦プリンス・オブ・ウェールズを撃破した空母雪鷹が加わることで、ＡＢＤＡ艦隊を誘い出すという役割だ。

　これは大本営海軍部が戦意高揚の意味もあって、ことさら雪鷹を「客船から改造した小型空母」であると強調し、日本海軍にかかれば二線級の小型空母でもイギリス最強戦艦を撃破できる！　という宣伝を行った。

　この時点では、敵艦隊を誘い出すというような意図は海軍にもなかった。ただ、海外の反応は予想以上に大きかった。ドイツやイタリアなども大型客船の改造で英海軍を撃破するとか、空母投入により海上輸送路を遮断するなどの宣伝を行った。

　ドイツの場合、改造するとされたのはフランスの大型客船であったが、すぐにイギリス空軍がフランスの港を空襲し、件《くだん》の客船を沈めるという事件も起きていた。

　イギリスのこうした反応に、日本海軍関係者も空母雪鷹が航空戦力としてだけでなく、イギリス海軍を誘い出す餌としても使えることに思い至ったのである。

軍令部としては第一段作戦を迅速に終了させるため、南方に展開する連合国艦隊を早急に排除したいという思惑がある。

駆逐艦一隻、二隻というような戦力でも、神出鬼没のゲリラ戦などを展開されれば、それらの討伐には相当の戦力と時間を費やさねばならない。それこそ、軍令部や大本営が避けたいことであった。

敵兵力が戦艦プリンス・オブ・ウェールズを撃破した空母雪鷹を攻撃しようとすれば全戦力を投入するはずであり、それらを撃破できたなら、南方の制海権は日本が完全に掌握できる。それが軍令部の計算であった。

ただ、結果論としては軍令部の思惑は外れていた。連合国軍のＡＢＤＡ艦隊は軍令部が考えていたよりも一枚岩の組織ではなかったからだ。また、日本軍に備えて守備範囲を狭めていたとはいえ、それでも限界のある戦力を展開しているために、部隊を集結させることは容易ではなかった。

特にイギリス艦隊はシンガポール防衛が最優先であったため、パリクパパン方面に投入できる戦力には限界があった。

こうした事情からパリクパパン防衛に投入された艦隊戦力は、アメリカ海軍が重巡洋艦ヒューストン、軽巡洋艦マーブルヘッド、それに駆逐艦六隻。イギリス海軍は重巡洋艦エクセターに駆逐艦三隻、合わせて巡洋艦三隻に駆逐艦九隻という強力な部隊であった。

さらに、米艦隊にはもう一つの切り札があった。それは空母ラングレーである。

空母ラングレーは開戦前までは水上機母艦として飛行甲板が短縮されていたが、日本海軍の雪鷹の活躍に刺激され、現地で急遽、飛行甲板が延長されて全通となり、空母としての運用が可能となっていた。

ただし米海軍も艦載機の手配がつかず、イギリス海軍機を搭載することで空母運用に目処が立った。搭載機は空母仕様に改造したシー・ハリケーン戦闘機が六機とソードフィッシュ攻撃機が一二機の一八機、これに米海軍の偵察機二機の総計二〇機である。

ＡＢＤＡ艦隊の全戦力ではないものの、中核となるべき部隊であり、さらに小なりといえども空母ラングレーを伴っていることの意味は小さくない。今日の艦隊では、航空戦力があるかないかは、はっきりと明暗を分けることが明らかになったためだ。

パリクパパン方面の連合国軍部隊は全戦力の半分程度であり、これは「敵を鎧袖一触する！」という軍令部の目論見とは違っていた。しかし、護衛部隊にとって悪い話ではなかった。

パリクパパンへの輸送船団の護衛隊は第四水雷戦隊から抽出された戦力であったが、巡洋艦は軽巡洋艦那珂しかなく、ＡＢＤＡ艦隊と衝突した時には、かなりの損失を覚悟しなければならなかった。

少なくとも、司令官の西村《にしむら》少将はそう考えていた。彼自身、航空戦力というものにどこまで信を置いていいのか測りかねている部分もある。

なるほど、先の作戦では攻撃には絶大な力を発揮した。しかし、護衛任務はどうなのか？

　どんなものにも向き不向きがある。航空兵力が打撃力で秀でていることは、すでに証明された。しかし防御に関してその力は、まだ可能性のレベルに過ぎないのだ。

　だから西村司令官としては、未知数の存在である航空戦力に過度な期待を抱かず、手堅い水雷戦力で作戦を組み立てようと考えていた。

　ただ、そうなると問題は難しくなる。なにしろこちらは軽巡が一隻に対して、敵は重巡だけでも二隻ある。勝つためには水雷戦に持ち込まねばならないが、相応の犠牲は覚悟せねばならないだろう。

　だから現場では、第一四航空戦隊の投入は敵をおびき出すというニュアンスよりも、敵と遭遇した場合に護衛部隊や船団の安全を図るという意味合いが強かった。

　そして戦闘部署としては、第一四航空戦隊は護衛部隊に含まれていたが、物理的には一〇〇キロほど離れて活動していた。ケンダリー飛行場の空襲があるからだ。

　ケンダリー飛行場にはこの時、米陸軍航空隊のＢ17爆撃機やＢ24爆撃機が進出していた。

　第一四航空戦隊司令官浅川少将には、自分の役職とこれから起こるであろう戦闘には感慨深いものがあった。

　そもそも、空母雪鷹や嵐鷹が誕生したのは昭和一二年のあの日の会議で、軍務局の武田に商船改造空母の脆弱性《ぜいじゃくせい》を訴えた時から始まっている。

逓信省型客船の建造や艤装品の標準化・統一化など地味な作業が続いていたが、それがいまこうして航空戦隊として結実したのだ。

「第一陣は戦爆四八機で行う」

浅川司令官は第一陣に艦攻を出さなかった。戦隊で六機では戦力として微妙なのと、航空魚雷を搭載して敵艦隊を攻撃する戦力として、彼はここでは温存策をとっていた。

この戦闘は奇襲を意図しているが、あるいは強襲になる可能性もある。それなら、爆弾を捨てて戦闘機として戦える戦爆中心で編成し、事態の推移に迅速に対応できるようにしたかった。

二機の空母から、それぞれ二四機の戦爆が陸用爆弾を搭載して次々と出撃する。カタパルト発艦もこの時は順調で、発艦は短時間で終わった。それでも発着機部の将兵は、発艦が終わるとカタパルトを入念に整備する。

商船改造空母のカタパルトはなかなか気分屋だった。爆装した戦爆程度なら問題なく発艦できるのだが、負荷をかけすぎると油漏れやポンプから油圧が急激に抜けるようなことが起こった。

本質的な問題はシール材の材質にあったが、それには日本の化学産業の基礎研究の弱さが背景にある。とはいえ戦争は始まっており、結果として稼働率は頻繁な交換が必要なシール材の補給と発着機部将兵の頑張りで維持されていた。

空母雪鷹の荻島飛行長はカタパルト運用には経験があるだけに、その有効性は十分理解しつつも、将来的な不安も感じていた。

自分たちは熟練者を揃えているので発展途上の

カタパルトを実用兵器として運用可能だが、雪鷹型空母が量産されれば、これらの熟練者が経験者としてあちこちの空母に異動となるだろう。

そうなると、チームとしての一体感が醸成されるまで、稼働率の低下に悩まされることになるだろう。軍令部などはカタパルトの稼働を前提に作戦を立案しているから、この問題は作戦にも影響しよう。

問題は、それだけではない。

いまの日本海軍は頓挫した八八艦隊計画を意識して、海兵の入学者が拡大された時代の人間が中佐、大佐となっている。空母が量産されれば艦長としての大佐が相応に必要となるが、すでに出師準備のため多くの中佐、大佐が艦艇の長となっている。艦隊の大規模な拡大は指揮官不足を意味するのだ。

おそらく、自分もいずれ空母の艦長となるだろう。荻島中佐個人として、それは喜ばしい話である。

ただ、その時の空母はいまの雪鷹のように上から下まで練度の高い乗員で揃えるのは無理だろう。つまり、自分が人材を育てていかねばならない。荻島は自分にそれが可能なのかどうか、正直なところ自信がなかった。

そんな荻島の気持ちも、整然と編隊を組んでいく戦爆四八機の姿を目にすると、いつの間にか消えていた。

5

潜水艦スタージョンの報告はケンダリー基地に

も報告されていたが、彼らは「日本艦隊に空母は含まれていない」ということから、空母戦力は参加していないと解釈していた。

これは中継局の誤記が理由とも言われているが、ケンダリー基地の警戒感を著しく下げたことは間違いなかった。

さらにケンダリー基地にはレーダーがなく、奇襲には弱い側面があった。なおかつ、彼らはいまもって日本海軍航空隊の能力を正確に把握していなかった。陸攻以外は怖くないという認識が強かったのだ。

彼らはB17爆撃機やB24爆撃機の出撃準備を進めていた。空母のいない日本艦隊を攻撃するためである。

さらに、燃料その他の補給の乏しい事情から、彼らは戦闘機を飛ばさないことにした。敵空母がいないなら爆撃機だけでも安全という考えだ。

燃料補給車や爆弾を運ぶトラクターが飛行場のあちこちで移動していた。四八機の戦爆隊は、まさにそのタイミングで現れた。

先鋒の戦爆は、まず駐機中の爆撃機に次々と爆弾を叩き込んだ。それらを破壊すれば滑走路を塞ぐ形になり、大型機は離陸不能という計算だ。

爆弾が直撃したB17爆撃機などは少なかったが、二五〇キロ爆弾なら至近距離でも爆撃機を破壊するには十分だった。しかも出撃準備中であり、燃料は満タンだ。

ケンダリー飛行場には炎のついた燃料が広がり、文字通り火の海となった。それに燃料補給車や爆弾を輸送するトラクターが巻き込まれ、激しい誘爆を起こす。

結果を言えば、先鋒が引き起こした誘爆により、本隊は攻撃すべき重爆がすでに炎上しているなかで爆撃を行う状況になった。地上施設も徹底した爆撃を受け、ケンダリー飛行場は完全に撃破された。

昭和一七年一月二三日〇七三〇のことであった。

第5章　ＡＢＤＡ艦隊

1

時間は少し遡る。イギリス海軍が誇る戦艦プリンス・オブ・ウェールズと巡洋戦艦レパルスが日本海軍の空母と爆撃機に撃沈されたことは、イギリス政府にとっては信じがたい敗北だった。

大英帝国海軍の威信という問題は考えないとしても、シンガポールを失うようなことになれば、日本軍はインド洋まで進出し、インドとイギリスとの海上輸送路を寸断される可能性が現実のものとなる。

イギリスにとっては蘭印の石油よりも、インド洋問題のほうがより深刻であった。そのためイギリス政府は新任の東洋艦隊司令長官レイトン提督に対して、早急な戦力の立て直しを命じた。

レイトン司令長官は、まず使える戦力を随時、シンガポールに向けて出撃させた。

その戦力は空母フォーミダブル、空母インドミタブル、戦艦リヴェンジ、戦艦ラミリーズ、重巡洋艦コーンウォール、重巡洋艦ドーセットシャーという強力な部隊であった。これらは護衛の駆逐艦を伴い、一隻、二隻という単位で準備が整った順番に移動した。

意外なことに、イギリス海軍はこれらの戦力を

ＡＢＤＡ艦隊に編入しようとは考えていなかった。あくまでもインド洋の海上輸送路を守るための戦力である。下手にＡＢＤＡ艦隊の枠組みに組み入れることで、部隊運用に掣肘を加えられるのを嫌った。

しかし、イギリス政府は東洋艦隊について再度の軌道修正を迫られた。日本軍のビルマ侵攻が予想以上に迅速で、ラングーンを艦隊の拠点とするという想定が実現不能となったのだ。

この状況で東洋艦隊はＡＢＤＡ艦隊の戦力と合流し、一つの強力な艦隊として日本陸海軍の前進を阻止することとなった。ビルマ侵攻中の陸軍第一五軍をビルマ領内から追い返すためにも、油田占領を阻止する。

この申し出はアメリカ海軍のハート大将に行われたが、それは一月二三日であった。そこには何も悪意はなかったのであるが、それでもハート大将には悪意であるかのように思われた。

すでにパリクパパン防衛作戦は開始されているのだ。空母を含む強力なイギリス艦隊は間に合わない。しかし、これらと現有戦力が合流すれば、かなり強力な機動部隊になる。

そうなればパリクパパンの防衛に関して、部隊をどこまで温存するかという問題が出てくる。

「ともかく当初の作戦通りに進め、爾後《じご》の状況で判断する」

ハート大将にはそう決するしか選択肢はなかった。

こうした事態の急転換の中で米海軍のハート大

将は、重巡洋艦ヒューストンの艦上でケンダリー基地攻撃の報告を受けた。それは確かに驚くべき報告であったが、ハート大将は意外とは思わなかった。

蘭印の油田を占領しようと日本軍が動くのなら、ケンダリー基地は潰さねばならない。そして日本軍の油田攻略も想定内である。だから、攻撃そのものは驚くべきものではなかった。

ただ潜水艦スタージョンの報告から、空母部隊はいないと理解していたため、空母艦載機による攻撃には驚いた。

とはいえ、日本軍は空母雪鷹の行動を宣伝しており、それが攻略部隊の編制に加えられていることも予想の範囲内ではあった。そこで、ハート大将もすぐに対応策を協議することができた。

「敵空母はケンダリー基地の近くに展開していると考えられる。したがって、スタージョンが発見した船団を支援することは、すぐにはできまい。空母部隊が合流する前に敵船団を攻撃する必要がある」

そうしてハート大将は隷下の部隊に対して、本隊は北上して日本軍輸送船団を迎え撃つとともに、空母ラングレーによる第一次攻撃も命じていた。

一二機のソードフィッシュで可能な攻撃には限界があるだろうと、ハート大将は考えていた。こうした攻撃を排除するために護衛部隊がいるわけだし、ソードフィッシュで敵船団に与えられる損失は限定的なものだろう。

これは妥当な判断とも言えるが、一つにはハート大将が海軍航空の打撃力について、いまもあまり信を置いていないことも影響していた。どこの国でも言えることだが、ある程度の年齢層の古参軍人は、その人物が優秀であればあるほど、航空兵力への不信感は強い傾向にあった。

それは必ずしも不合理な態度とも言えなかった。つまり、ヨーロッパの戦場では優秀なイギリス空軍でも、ドイツ海軍の戦艦などを航空機で沈めたという事例はない。真珠湾では空母部隊にやられたが、あれは泊地攻撃であった。

マレー沖海戦は確かに航空機でイギリス戦艦が撃沈されているが、戦艦二隻にまともな護衛戦力はなく、航空機が戦艦を仕留めたと言うには無理がある。ハート大将はそう考えていた。

もっと言えば、フィリップス中将の采配のまずさから主力艦が適切に運用されなかったため、日本海軍航空隊に遅れをとっただけで、戦艦が飛行機に負けたというのは当たらないと考えていた。戦艦といえども采配がまずければ、触雷で沈んでしまうのだ。

とはいえ、ハート大将も組織としては一枚板とは言いがたいＡＢＤＡ艦隊にて、そんな考えを口にするほど馬鹿ではなかった。あくまでも命令を発するだけだ。

「長官、ラングレーで敵空母を撃破すべきでは？」

若い参謀の一人が提案する。正直、ハート大将はそんな提案をされるなど、夢にも考えていなかった。

日本軍の雪鷹という空母は客船を改造したものだという。それなら、ラングレーで撃沈も可能かもしれない。

だが、ラングレーの攻撃機であるソードフィッシュは一二機に過ぎない。敵空母撃沈まで何往復しなければならないのか？

「いや、敵空母はいい。いま我々がなすべきは日本軍のパリクパパン攻略の阻止だ。日本軍空母が何をしようが土地は占領できん。それよりも、より脅威となる船団こそ撃破すべきだ！」

そう説明しつつも、ハート大将は若い参謀との断絶のようなものを感じた。

若い海軍将校たちは航空優位という概念を抵抗なく受け入れているようだ。ある部分でそれを羨ましく思う反面、時流の流行りすたりに振りまわされる危うさも彼は覚えた。

どちらが正しいのか、それは現時点ではわからない。それが公正な態度というものだろう。結論はラングレーの戦果が証明してくれる。

「攻撃隊を編成後、すぐに出撃してくれ」

こうして〇九三〇、空母ラングレーから一二機のソードフィッシュが日本船団を目指して飛んでいった。

この時の空母ラングレーからの攻撃隊は、かなり変則的なものだった。

空母ラングレーの改造はできたが、艦載機が間に合わない。本来ならパールハーバーから輸送されるはずが真珠湾攻撃で不可能となり、サンディエゴから輸送する羽目になった。

しかし、これではとうてい作戦に間に合わないため、イギリス軍のソードフィッシュと本来は陸上戦闘機だったハリケーンに着艦フックを施したシー・ハリケーンが譲渡されることとなった。

　これらは空母インドミタブルのために補用機として用意されていたものだが、肝心の空母はいまだ本国で修理中という有様で、今回の譲渡となったのである。

　この攻撃隊編成で　つの問題は、機体はイギリス製としても、操縦員は誰かということだった。イギリス軍人が操縦するのか、それともアメリカ軍人が操縦するのか。

　しかし、この問題は表面的にはすぐに解決した。件の飛行機は補給物資として先行して運ばれただけで、搭乗員は空母とともに移動するはずだった。したがって、イギリス軍には搭乗員の手配はつかず、操縦運用はラングレー側が行うこととなった。

　表面的な帳尻はこれで合ったのだが、現場にしてみれば負担増でしかない。扱いなれない機体で、しかも慣熟の訓練期間なしに戦力化しろというのだ。幸いにもソードフィッシュは、どちらかと言えば設計が古い機体なので、操縦はそれほど難しくはない。しかし、操縦できるのと戦力化できるは別の話だ。

　それでも空母ラングレーのソードフィッシュ一二機は、出撃しないわけにはいかなかった。

「攻撃は輸送船を優先的に行う。駆逐艦など潜水艦に任せておけ！」

　この段階で、彼らはスタージョンの「巡洋艦撃沈！」という報告を信じていた。スタージョンは魚雷の爆発音を確認したし、艦隊側がその報告を疑う理由はない。信管の不調などという可能性を考えるものはいない。

ただそれゆえに、彼らは護衛艦艇は駆逐艦だけで、船団に接近することは容易と考えていた。

そうして彼らは水平線に船団のような船の集団を発見した。航法に過ちはない。彼らには、それは幸先のよい流れと思われた。

この時、第四水雷戦隊は潜水艦に発見されたこととケンダリー飛行場の攻撃成功から、敵が来るとしたら水上艦艇部隊と判断していた。水上艦艇部隊が集結しつつあるとの警告を受けていたからだ。

そのため戦隊は笠形陣形で進んでいた。敵部隊との遭遇に迅速に対応するためだ。この点で第四水雷戦隊は船団護衛というよりも、ＡＢＤＡ艦隊との艦隊戦を重視していたことになる。

もっとも、それには根拠がないわけでもない。

陸軍部隊を輸送していた貨物船四隻は逓信省型貨物船であった。それも初期型の陸軍割当分であり、貨客船として建造されていた。部隊と物資を合理的に輸送できる船型である。

そして、海軍がこの型を有事には仮装巡洋艦にも使えるように考えていたことからもわかるように、構造的に火器の増設が容易な造りになっていた。

対潜と対水上艦艇は海軍艦艇に委ねるとしても、必要なら上陸部隊を支援するための一〇センチ砲四門ならびに対空機銃八門を装備していた。この一〇センチ砲は高射砲の転用であるため、対空火器としても活用できた。つまり、対空戦闘能力も高く、一〇センチ砲四門でそこそこの対艦戦闘能力もある。

一〇センチ砲は空間を無駄なく使うために背負式配置となっており、左右両舷に配置されていた。だから側面の敵には二門しか使えないが、正面からの敵には四門すべてを指向できた。

それでも戦闘力では一等駆逐艦には劣るものの、二等駆逐艦相当の火力はあると考えられていた。対空戦闘力に限れば大型巡洋艦並みだ。

一二機のソードフィッシュは駆逐艦などを無視して、まっすぐ船団へと向かった。三機が一隻にあたることをその場で即決し、一二機のソードフィッシュは四個小隊に分かれた。一〇〇〇のことであった。

2

船団の先頭を航行していたのは阿南丸であった。阿南丸の船長は、すぐにソードフィッシュに船首を向ける運動を行い、ほかの三隻の貨物船もそれにならった。船首部を敵機に向けるのは対空火器の火力を最大にするためだ。

逓信省型貨物船は、有事にはこれをベースに基本的な武装を施すことで戦力化することが織り込まれていた。

そのための基礎図面は海軍が担当していた。この基礎設計にあって、一〇センチ両用砲の配置を設計した海軍艦政本部の人間が、「武装商船といえども敵に後ろを見せず攻撃あるのみ！」という考えの持ち主であったため、最大火力が正面となったのだ。

陸海軍担当者の最終審査の時も、とりあえずどこからも苦情も来なかったので、そのまま実装された。

だから四隻の輸送船には、対空火器を撃ちながら逃げるという選択肢はなかった。それだと使える高角砲が二門になってしまうからだ。

あるいは、対空火器を中心線上に配置すればもっと自由度は高くなるが、戦闘艦ではなく貨客船として建造されている以上、積載量こそ優先される。いきおい武装を配置する場所は限られる。

ただ同じ理由で唯一、合理的な武装配置となったのは対空火器の照準装置であった。大型軍艦ではそれぞれの高角砲を左舷と右舷の高射装置で行うが、これは左舷から右舷とか、あるいはその方向に敵機が移動した時に照準をやりなおさねばならない欠点があった。

だが、今回の輸送作戦に動員された逓信省型貨物船は船橋の中心線上に高射装置が用意され、それが四門すべての照準を定める構造となっていた。

言うまでもなく、この状態で後ろから攻撃を受けた場合、対応できるのは八丁の対空機銃だけだが、大半の貨物船が対空機銃さえ装備されていないことを考えれば、それでも重武装と言える。

それに、これらの武装商船は基本的に軍艦に警護される立場であって、戦闘全体では脇役なのだ。軍艦でもないのに、そこまでの完璧は求められるべきものではない。

ただし、日本海軍の艦艇が艦隊決戦重視で建設された結果、護衛任務についての関心は低い。第四水雷戦隊でまともな対空戦闘ができるのは、高角砲装備の軽巡洋艦那珂だけであり、じつは武装商船のほうが対空戦闘力は高かったのだ。

その武装商船にソードフィッシュの集団は襲撃をかけてきた。ここで彼らが雷装していれば、また話は違っただろうが、空母ラングレーでは雷装したソードフィッシュを発艦させることは不可能だった。

爆装したソードフィッシュは四隻の貨物船らしきものが、自分たちに向かって接近してくることにまず驚いた。しかも、明らかに自分たちの存在を認識しているはずなのに、彼らは散開するどころか密集しようとしているように見えた。

だから、攻撃隊は目標に合わせて編隊を密にした。爆撃の効果を考えたら、密にしてくれたほうがありがたい。

しかし、それも武装商船から対空火器の洗礼を受けるまでだった。ソードフィッシュが接近すると、一隻四門、計一六門の一〇センチ高角砲が一斉に火を噴いた。

一機に対して四門が同じ照準器で狙いをつけている。これで攻撃機が無事なわけはなかった。

なによりも両者の距離は十分接近しているため、多少攻撃機が移動しても、それは高角砲の射程内であった。最先端の高速機なら、それでも逃げ切れただろうが、複葉で低速のソードフィッシュにそれは難しいことだった。

二機のソードフィッシュが高角砲弾により撃墜され、二機が損傷し、爆弾を捨てて戦線離脱する。

残り八機のうち、四機は攻撃を続行すべく前進するも、今度は対空機銃に食われてしまう。しかも複数の貨物船の対空機銃に狙われたため、死角がなかった。

これで四機が戦線離脱し、残された四機もまた明後日の方角に爆弾を投下して帰還した。

結果的に撃墜されなかったのは、一二機のうちの六機だけだったが、このうちの二機はエンジンが停止し、そのまま墜落した。空母ラングレーに戻ることができたのは四機にとどまった。

3

空母ラングレーの攻撃が大敗に終わったのをハート大将が知ったのは、一〇三〇であったという。

この点では情報は迅速に伝達されていた。

そして、イギリス東洋艦隊の増援によりABDA艦隊は強化されることとなった。

このことはハート大将の判断に大きな決断を迫ることになった。巡洋艦三隻、駆逐艦九隻、さらに空母ラングレーを含む総計一三隻の艦隊を日本艦隊にぶつけるかどうかである。

この一三隻は、イギリス部隊と合流してこそ真価を発揮できる。ことにラングレーと合流すれば空母は三隻になる。一度引けば米海軍航空隊の艦載機も調達できよう。

「全部隊は母港に帰還する」

ハート大将はそう決断すると、全艦に帰還を命じた。

いわゆるパリクパパン航空戦は、空母ラングレーの艦載機が武装商船の対空火器に追い払われた戦闘として記録されるが、後世の戦史本では、よほど詳しいものでない限り戦史としてはほとんど無視される戦闘でもあった。

ともかく日本軍はパリクパパンに上陸し、油田の占領に成功する。

戦史という点では多くの書物が言及するのは、空母ラングレーの戦果ではなく、ハート大将の撤退命令についてであった。

客観的に見ればその後の展開は、すべてイギリス増援部隊が来航するのを待ち、戦力の逐次投入を回避するという軍事的には妥当な判断だった。一時的に油田を占領されたとしても、日本海軍を排除できたら奪還は可能だ。

しかし、話はそれほど単純ではなかった。オランダには開戦直前より、英米が自分たちを犠牲にして日本に対して融和的な政策を取るのではないかという疑念があった。それは皮肉にも、開戦により一度は払拭されたかに見えた。

だがここにきて、オランダの重要な油田に対して日本船団を襲撃もせず、戦力温存に走ったことを、イギリスのオランダ亡命政府と蘭印総督府は強く非難した。イギリスはイギリスで、ハート大将の采配はシンガポール防衛にとって明らかにマイナスになるものだった。

結局これは、ヨーロッパの植民地など一時的に日本軍に占領されても構わないと考えているアメリカと、一時的であれ日本軍の占領は容認できないというイギリス・オランダとの認識の相違であった。

この状況に合衆国政府は、ハート大将はそのままアジア艦隊司令長官の職にとどめたものの、ＡＢＤＡ艦隊の司令長官を交代すべきというイギリス・オランダの意見は飲んだ。

そして、ＡＢＤＡ艦隊の司令長官はレイトン提督となり、副司令長官はオランダのドールマン少将となった。

一方で、ＡＢＤＡ合同部隊統一司令部の発足に伴い、航空部隊はイギリス空軍のリチャード・ピアース大将の統一指揮のもとに入ることとなった。じつは、ピアース大将はシンガポールの防衛力強化のため、アメリカからの航空機援助の手配を進めていた。

それはオーストラリアとアメリカとの貿易の形を取り、シンガポールはオーストラリアから航空機を輸入する形だ。これは開戦前のアメリカの武器援助に法的拘束があったためだ。

この制約は開戦と同時に終わったが、それまでに進めていた契約は生きていた。アメリカはオーストラリアの防衛を重視し、多数の兵器を輸出したが、それもあってオーストラリアからシンガポールへの武器輸送も迅速に行われた。

ただ日本軍の侵攻は迅速で、マレー半島の航空基地はほとんどが使用不能となり、急遽、蘭印防衛のために航空戦力としてジャワ島の航空基地に転用されることとなった。

そして、パリクパパンの日本軍侵攻とケンダリー飛行場が日本軍に奇襲され、さらに陸軍部隊により占領されたことから、ピアース大将はレイトン提督に諮《はか》り独自作戦を立案していた。

　それは空母ラングレーに米海軍の艦載機を搭載し、ケンダリー飛行場を奇襲するというものだった。

　ジャワ島にはオランダの飛行場があるが、そちら向けに送られたのは主として陸軍機であり、空母ラングレーでは運用できない。また、日本軍からの攻撃が予想される時に陸上機の数を減らせないという考えがあった。

　ラングレーに搭載される海軍機は、本来はオーストラリアからフィリピンに緊急輸送されるはずのものが輸送するタイミングを逃し、スラバヤにやっと入港し、積み荷を降ろせたという。

　関係者の中には、パリクパパンの時にこれが間に合えばという思いもあったが、輸送に関する混乱がこうした齟齬《そご》をもたらしたことで、結果として反撃の機会を得ることができたとも言えた。

　また、そもそもこの輸送船に搭載されていたのは、主として分解されたＢ25双発爆撃機であり、組み立ての手間はかかるが、より積載できるメリットがあった。その貨物船に「ついでに」搭載されたことも、こうした遅れにつながったのだ。

　それに現時点で、連合国側は陸上基地に頼らねばならないという現実があり、逆に十数機の空母艦載機は中途半端な戦力と目されていた。

　スラバヤに送られた海軍機は、Ｆ４Ｆ戦闘機が四機、ＳＢＤドーントレスが一四機であった。この一八機すべてが空母ラングレーに搭載された。これに先の戦闘で残ったソードフィッシュ四機が加わる。

こうして空母ラングレーは駆逐艦一隻を伴い、出撃するのであった。

この任務のため、ラングレーには旧式だがレーダーも装備されている。本来は別用途のためだったが、状況の変化に伴い転用された。

これはメートル波レーダーで、主として対空警戒用だが大型艦艇にも反応する。対艦艇の分解能はあまり高くないが、偵察用としては十分と言えた。

4

昭和一七年二月二日。

空母ラングレーのロバート・P・マコーネル艦長は眠れなかった。ここまでは日本軍に発見されることなく進出できた。日本軍の侵攻は一段落ついたかに見えたが、それも次の攻勢のための準備であることは明らかだった。

じじつ攻撃目標であるケンダリー飛行場にも、日本軍の大規模な航空隊が進出しているという。自分たちはそこに攻撃を加えようとしている。

パリクパパン航空戦の時、自分たちは輸送船の対空火器により壊滅的な打撃を受けることとなった。あれは不幸な偶然が加わったものと思っていたが、それでもこの作戦が成功するのかどうか不安はあった。

むろん、艦長として自分の不安を部下たちに見せるわけにはいかなかった。やがて時間となる。

「出撃準備、完了しました」

飛行長から報告がある。

「よし、出撃だ」

マコーネル艦長はそう返した。そうして彼は指揮所にあがる。艦長の姿を見て部下たちが動揺するが、彼はそのまま仕事を続けろと手で示す。

発着指揮所から発艦の旗が振られる。最初に発艦するのはＦ４Ｆ戦闘機だ。ただし、爆装している。相手により多くの打撃を与えるため、戦闘機も爆装するのだ。

現地の情報から、日本海軍の航空隊はケンダリー基地が爆撃機隊、パリクパパンが戦闘機隊であることから、ケンダリー基地への攻撃で戦闘機が少ないことは、それほど問題にはならないと判断された。

こうして艦載機は順次発艦し、二二機すべてが出撃した。

この時、ケンダリー基地には四八機の陸攻隊が進出していた。基地は連合軍が重爆の運用を考えていただけあって、陸攻隊の運用には最適だった。だがこの基地にはレーダーがなく、それは連合軍が運用していた時もそうだった。

そして連合国側は知らなかったが、ケンダリー飛行場は明日のスラバヤ攻撃のために燃料補給や爆弾搭載の準備に追われていた。

第一四航空戦隊による奇襲攻撃が大戦果をあげたのは計画通りであったが、基地施設の多くも破壊されていた。

爆弾を輸送するためのトラクターや燃料補給車も破壊されたため、それらは占領時に持ち込んだ数少ないトラックにより運ばねばならなかった。

燃料補給車やトラクターが配備されるには、なおしばらく時間がかかると言われていた。

じっさいのところ、補給がどうなるかは見通しがたっていない。占領計画が順調なのは軍としては望ましいとしても、そのための部隊輸送が優先され、占領地の補給については後まわしにされていた。

空母ラングレーの攻撃隊は、まさにそんなただ中に現れた。

レーダーがないので完全な奇襲であるばかりでなく、破壊された対空火器陣地の復旧も進んでいない。だから連合国軍の攻撃隊が現れた時、航空隊将兵は逃げることしかできなかった。

最初に攻撃にかかったのは、爆装した四機のF4F戦闘機であった。それらが爆弾を投下し、機銃掃射をかける。

この時に破壊されたのがガソリンを満載したトラックであり、この爆発で炎上するドラム缶が四方に飛び散った。

燃え盛るガソリンで、いくつかの陸攻は機体の燃料に引火し、そのまま爆発炎上した。爆発しなかった機体にしても、滑走路が炎に包まれているため、消火活動もままならない。

そうしたなかで捲土重来を期したソードフィッシュの一団が爆弾を投下する。それらの爆撃は陸攻を一機も破壊することはなかったが、滑走路にはいくつもの穴をうがった。

これらのクレーターは、滑走路修理の時に自動車さえ失った航空隊にとって多大な負担となった。復旧し、ほかから増援部隊を移動させようにも、滑走路が直らねば話にならない。そして、それは人力で行わねばならないのだ。

陸攻隊にとって壊滅的な打撃を受けたのは、やはりＳＢＤドーントレスによる急降下爆撃だった。対空火器も戦闘機の脅威もないなかで、彼らは余裕を持って急降下爆撃を行い、陸攻隊を次々と破壊していく。

襲撃時間は三〇分ほどだった。しかし、ケンダリー基地が破壊されたことで、二月三日のスラバヤをはじめとする連合国軍航空基地への攻撃は延期とするしかなかった。

ただ空母ラングレーの攻撃隊は、限られた戦力であったことと、ラングレー自体の安全確保のため、攻撃は飛行場に一回だけしか行われなかった。それが最初からの計画である。

そのためケンダリーの港に集結中の日本軍船団に対しては、攻撃を加えるどころか、その存在さえ感知していなかった。

そこで、侵攻作戦そのものは若干の期日調整は必要なものの、計画通り行われることとなった。そして、船団の護衛を強化するとともに、第一四航空戦隊が再び参戦することとなったのである。

5

ケンダリー基地の奇襲攻撃は日本陸海軍に衝撃を与えたが、その混乱の間隙を縫ってイギリスの増援艦隊、戦艦二隻、空母二隻、重巡洋艦二隻、駆逐艦六隻はスンダ海峡を抜けてマヅラ島へと向かった。

ＡＢＤＡ艦隊の集結が完結するまで時間を稼ぐという、空母ラングレーによる奇襲攻撃は成功だった。そして、この間にジャワ島の航空基地についても若干の編成替えが行われた。重要な拠点となるスラバヤ港を守る位置にあるスラバヤ飛行場は戦闘機隊を増やしていた。

これは日本軍の航空攻撃に備えたもので、スラバヤと飛行場および軍港を航空攻撃から守るという意味があった。同じくジャワ島にあるマランやマジウンの飛行場は、逆にＢ17爆撃機などの重爆の集積を進めた。

スラバヤの防衛に際しては、イギリス戦艦と空母にはレーダーが装備されており、それによる奇襲攻撃の阻止も可能な状況だった。

この間に空母ラングレーの役割は再び変わる。低速であるため、空母や巡洋艦などの機動部隊と行動をともにするのが困難ということを考慮し、旧式駆逐艦とともに偵察隊として別行動をとることとなった。

ただし、低速だから偵察という消極的な対応だけでなく、日本軍の動きを探り、必要なら威力偵察を行うことも期待されていた。ラングレーの艦載機は決して無視できるほど非力な存在ではないのである。

この状況で、空母ラングレーはケンダリー基地奇襲の後、アンボン方面へと向かっていた。アンボンも日本軍に激戦の後に占領され、爆撃機隊が進出していた。ただ、ケンダリーよりもジャワ島からは遠距離にあり、これが自分たちの直接的脅威になるとは思えないというのが多数派であった。

しかし、オーストラリア軍はアンボンがチモール島を攻撃できる点を重視していた。アンボンがチモール島のクーパンを占領する足がかりになると、そこからダーウィンなどの北部オーストラリアが直接攻撃されかねない。

そのためラングレーはアンボン方面を航行していた。正確には、ケンダリーとアンボンの両方を監視するように航行していた。

これにはアンボンの航空隊がケンダリーに移動するかどうかを把握する意図がある。その場合、ケンダリー飛行場が使えるということで日本軍の攻撃が近いというわけだ。

しかし、マコーネル艦長はレーダー手からの報告に驚かされることになる。

「大型船舶が移動しています」

「大型船舶……軍艦か？」

「そこまでは。ただ艦影から判断すれば、軍艦でも矛盾しません」

マコーネル艦長はすぐに艦隊司令部に対して、日本軍の空母の位置を確認させる。それによると、シンガポール攻略の支援にあたっているらしいとのことだった。つまり、近場に空母はいない。

同時に艦隊司令部からは空母ラングレーに対して、それらの船舶へは偵察も攻撃も禁止された。レーダーだけで監視せよということだ。

偵察戦力としてのラングレーの価値はこの船舶発見でも証明されたが、だからこそ、いまラングレーを危険にはさらせないとの判断だ。

空母としては装甲もなければ、速力も遅く、真正面からの航空戦は期待できない。それなら陸上基地からの攻撃を優先すべきということだ。

マコーネル艦長にとって、それは納得できる反面、自分らの力量を見せつけられるようで寂しさも覚えないではなかった。

ともかく、空母ラングレーは航空機の動きを明確には把握できなかった。位置関係が悪いのか距離が遠いのか、航空機の反応があったりなかったりする。

それでも大型船舶の動きは把握できた。レーダーの解像度は水上艦艇にはあまり上がらなかったが、それでも七隻から八隻の船舶が移動していると思われた。

「これはバリ島に向かう船団だろう」

マコーネル艦長はレーダーの船影から、そう判断した。

レーダーの船影はどれも同じであり、同型船の可能性が高い。艦隊なら大小の艦艇がいるはずで、少なくとも旗艦とほかの艦艇との反射の違いはあるだろうから、そうなると商船の集団である可能性が高い。

日本は同型の商船を量産しているという話もある。そうした優秀商船を部隊輸送に投入しているのだろう。

マランの航空基地は、すぐにその報告を受け、一八機のB17爆撃機が出撃する。ほぼ同じタイミングで、マジウンの航空隊からも二〇機のB17爆撃機が飛び立った。二月八日一〇〇〇のことであった。

6

空母ラングレーのレーダーが捕捉した八隻の船舶は、陸軍部隊を乗せた船団だった。それらは改逓信省型貨物船で陸軍割当のものだ。そして、この八隻は陸軍の虎の子と言える武装商船だった。

その前の逓信省型貨物船の武装型は、単装高角砲四門が正面に配置されるレイアウトだったが、改逓信省型は戦時をより意識した設計で、一〇センチ連装高角砲（正確には両用砲）を二基、中心線上に配置する形となった。

これにより高角砲を四門指向できる方位は、より拡大した。特に側面からの敵には、効果的な打撃を与えることが可能となった。

そして、すべての武装商船には水上偵察機が搭載されていた。さすがにこのあたりは、水上機も含めて海軍の装備を転用する形となり、搭乗員も陸軍船舶工兵から別途、教育訓練した人員が割り当てられた。

搭載しているのは九五式水上偵察機であったが、複葉機ながら現場での使いやすさと性能で陸軍からも好評だった。

陸軍割当の船舶に海軍式の機材を装備するというのはあまり前例はなかったが、機材や設計の共通化による効率化という逓信省型貨物船の趣旨からすれば、これもまた当然の帰結だった。

作戦はバリ島攻略のための部隊輸送であったが、海軍の護衛部隊と合流すべく航行していた。皮肉にもこの船団は、空母ラングレーによるケンダリー基地攻撃を受けて、第二波攻撃で港湾に集結中の船団にも攻撃が及ぶと判断され、脱出してきたものであった。

そのため、この船団には護衛艦艇がなかった。護衛艦艇と合流してから移動だったものが、ケンダリー飛行場の空襲により計画が狂ったのだ。

そういう意味では、空母ラングレーは本来なら一度の作戦で攻撃できた相手を二度に分けて攻撃する羽目になったと言えなくもない。

ともかく船団は周辺を警戒すべく、三方向に向けて水偵を飛ばしていた。時間が来たら別の三機が偵察に向かい、残り二機が予備となる。

空母ラングレーと偵察機と船団の位置は、この状況では微妙な関係にあった。偵察機はラングレーのレーダーの有効探知圏外であり、その移動については条件が合わねば観測できなかったのだ。

そしてもちろん、ラングレーの位置からは重爆隊の接近も探知できなかった。これもあって、ラングレーはそれ以上の報告は行わず、司令部の命令にしたがって本来の配置に再び戻った。

一方、九五式水上偵察機の一機は、ここで前方から接近してきた重爆隊を発見する。

重爆隊もまた、前方に水上偵察機が一機いることを認めていたが、飛行高度も違うため、あえて攻撃は仕掛けなかった。脅威になるとはまるで考えなかったからである。

しかし、その判断は大きな誤りだった。九五式水偵はB17爆撃機隊の陣形はもちろん、飛行高度と速度と針路を計測し、船団に伝達していた。

船団側は、この一八機のB17爆撃機隊を迎撃すべく陣形を組み替えてそれらを待ち構えるとともに、高角砲の高射装置も水偵が計測した高度や速度を入力していた。それらは船団側で計測するより水偵から計測したほうが正確であるからだ。

Ｂ17爆撃機隊が船団を視界に収めた頃、それは明らかに貨物船に見えた。そこで攻撃隊は、攻撃を仕掛ける高度に下げた。命中精度を上げるためである。

ここでの連合国側の大きな見落としは、マランに配備した陸軍攻撃隊は必ずしも対艦攻撃の訓練を受けていないことだった。

そして、自分たちの攻撃目標が武装している可能性をまったく考えていなかった。そのため密集しているＢ17爆撃機隊の中で三二門の高角砲の砲弾が炸裂した時、ほとんどの搭乗員たちは、貨物船からの本格的な対空戦闘の可能性をまったく予想していなかった。

爆撃のために密集して飛行する、そのただ中に正確な照準の砲弾が次々と撃ち込まれる。

複数の砲塔が同じ爆撃機を標的としていたため、そのＢ17爆撃機は砲弾の直撃こそなかったものの、おびただしい砲撃でエンジンから火を吹いて墜落してしまった。

このことで周囲のＢ17爆撃機は何をなすべきかの判断に迷いが生じた。

散開するという選択肢はあったが、編隊長はそうした命令を出さなかった。貨物船からの砲撃とは信じられず、どこかに護衛艦隊がいるのではないかと考えたためだ。むろん、そんなものはいない。

そうしているうちに、さらに一機が高角砲に食われて撃墜される。それでも編隊長が攻撃態勢を崩さなかったのは、標的となる船団が目の前にあったからだ。武装商船だとはわかったが、所詮は貨物船であり、撃破できないはずはないと考えていたのである。

それは必ずしも間違った判断ではなかったが、自分たちの犠牲も考慮すべきであることを忘れていた。最大の失敗は、輸送船団が最大の火力を行使できる位置関係の突撃を強行したことであった。

ノルデン照準器はこの時代では画期的な装置であったが、爆撃を成功させるために直進を続けねばならないという問題があった。爆撃の照準を正確にする航行とは、対空火器にとっても照準を確かにするものだった。

そして爆弾投下は一度だが、対空戦闘は何度もできて照準の修正も行えた。距離がある程度まで接近すると、一隻あたり八門の対空機銃が八隻分、戦闘に加わった。

それでもB17爆撃機隊は爆撃を敢行するが、激しい対空火器を回避したために照準はずれ、爆弾は船団にまったく命中しなかった。

あくまでも直進を貫こうとしたB17爆撃機の爆弾に機銃弾が命中し、誘爆が起きたため空中で火の玉になってしまった機体もあった。

この奇跡的な爆発はB17爆撃機隊の動きに決定的な影響を与えた。多くの爆撃機が爆弾を投下して去っていったのだ。当然のことながら、爆弾は命中しない。

いくつかの爆撃機は針路を変更しつつ、船団の直上を通過しながら爆弾の投下を行ったが、単縦陣の船団後方から爆撃を仕掛けたというならまだしも、船体の幅ほどの領域に照準器を無視して通過しながら爆撃を行っても当たるはずがない。

　結果を言えば、貨物船に重厚な対空火器が搭載されていたことが、Ｂ17爆撃機隊の攻撃を失敗させたが、それは単純に火力の問題ではなく、そこに至る認識の問題にあった。

　途中で脱落したＢ17爆撃機もあり、マランに帰還できたＢ17爆撃機は一三機にとどまった。五機のＢ17爆撃機が失われた計算だ。じつに二七パーセントが失われたことになる。


　日本軍船団には、さらにマジウンのＢ17爆撃機隊も攻撃にあたっていた。じつを言えば、マランの部隊と同じ時間に出撃したのだが、二つの基地は一〇〇キロ以上離れており、敵に対して波状攻撃をかけることが期待されていた。

　そのため二つの航空隊は現地で合流するのではなく、三〇分ほどの時間差をかけることが決まっていた。これは航空隊の司令部レベルの話であり、どこをどのように飛行するかは、出撃前からそれぞれの部隊で決められていた。

　この時点では、マラン隊とマジウン隊との連絡についての取り決めはなかった。そのためマラン隊が経験した武装商船の情報は、マジウン隊にはまったく伝わっていなかった。しかも三〇分の時間差は、司令部経由の情報伝達では間に合わない時間差であった。

　一方で、九五式偵察機は再び接近する攻撃隊を発見した。三〇分前なら船団の対空火器は初陣であった。しかし、いまは経験を積み、何をなすべきか、みんなが把握していた。

陣形も若干組み替わり、単縦陣ではなく二列になり、対空戦闘の縦深が深くなった。

対空戦闘の準備は、こうして万全になっていた。マジウンの攻撃隊は前方の貨物船団が二列になっていることから、さらに密集して向かっていった。砲撃はそこから始まった。

前の四隻と後ろの四隻が、それぞれ一つの標的に砲撃を加えていた。この効果はてきめんで、先頭を行くB17爆撃機二機は、すぐに弾幕により撃墜されていく。エンジンから火を吹きながら二機は高度を下げ、海面に激突する。

これはB17爆撃機隊にはまったく予想外のことであった。冷静に考えたら、マランの攻撃隊がこの船団を襲ったはずで、無傷なはずはないのだ。しかし、この時はそれに思い至らなかった。

そして彼らが考えたのは、この船団は囮《おとり》であり、マラン隊が攻撃したのとは別の船団ではないかという可能性だ。それは間違いであったのだが、マラン隊が失敗したとは思えなかった彼らには、ほかの思いつく可能性もなかった。

ここでマジウン隊は、方陣を組んで対空戦闘を行っているのを日本軍の護衛部隊と判断した。そして、最初の撃墜からさらに三機が損傷で脱落した時点で、驚くべきことに彼らは引き返すという選択をした。

損失が大きすぎることと、自分たちがマラン隊が攻撃した船団とは別の部隊を攻撃しているという判断から、罠にはまったと考えたからである。

アメリカとの海上輸送路が寸断されかけている現状では、航空隊の指揮官としては無意味な損失は避けたいという判断があった。その観点では、撃墜を含め五機の損失は決して看過できるものではなかった。

ＡＢＤＡ合同艦隊司令部のレイトン司令長官は、ジャワ島周辺の地理に疎《うと》かった。そのため二つのＢ17爆撃機隊の話を事実とし、武装商船と護衛部隊の大規模船団が移動していると判断した。

彼はここで、ＡＢＤＡ艦隊の総力をあげて、この船団を撃破するという決定を下した。攻撃目標はバリ島のはずであり、いまなら敵船団の頭を押さえられる。

「バリ島の船団を壊滅できたなら、日本の油田確保は非常に厳しい状況におかれるだろう。その余勢をかってパリクパパン油田も奪還できたら、シンガポール防衛も確実なものとなるだろう」

こうしてスラバヤへの集結が遅れている一部の軽巡と駆逐艦を除いた空母二隻、戦艦二隻を含む二十数隻の大艦隊が、バリ島に向かう船団を目指して出撃していった。

第6章　バリ島沖海戦

1

バリ島攻略のための陸軍部隊を乗せた船団が、二度にわたって重爆撃機隊の攻撃を受けたことは、海軍当局はもとより陸軍の現地司令部を驚かせた。

実際には、この船団はケンダリーで海軍部隊と合流すべきところを、ケンダリー基地に対する奇襲攻撃を逃れるために退避したもので、現時点でバリ島に向かえる状況ではなかった。海軍部隊の支援が保証されていなかったためだ。

なるほど、二度にわたる重爆部隊の攻撃を退けたものの、それは陸軍の武装商船が奮闘した結果であり、海軍がしたことといえば、せいぜい武装商船の設計をしたくらいだ。

そして敵重爆隊を退けたからこそ、自分たちは敵の水上艦艇部隊と遭遇した時には十分に戦えるのか疑問があった。

それはそうだろう。武装商船で問題がないなら、国家が多額の血税を用いて戦艦や巡洋艦を建造する意味はないのだ。

そもそも、海軍の護衛部隊と合流しなければ作戦はできない。第一四航空戦隊の空母があるから制空権を心配せずに戦える。制空権も陸軍航空隊が担わねばならないとしたら、作戦準備のために計画は延期する必要がある。しかし、油田確保という大目的のためには、それはリスクが大きすぎた。

そのため近藤司令長官は、第四水雷戦隊と第一四航空戦隊だった護衛部隊に第三戦隊の戦艦金剛と榛名、さらに第四戦隊の重巡洋艦高雄《たかお》と愛宕《あたご》を編入することにした。

そして、バリ島攻略の護衛艦隊は近藤司令長官が直々に執ることとなった。

こうして昭和一七年二月一一日、作戦は再び動き出す。まず重巡洋艦高雄より船団に向けて水偵が飛び立った。

2

二月一一日一〇〇〇。

逓信省型貨物船を武装化した八隻の輸送船団は、ここで日本海軍の護衛艦隊の水偵を確認した。この水偵そのものに軍事的な意味は希薄であったが、船団と艦隊が連絡をつけたという点にこそ意味があった。

この水偵の到着により艦隊側も船団の正確な状況が理解できた。じつは近藤司令長官も、陸軍の武装商船の性能についてそれほど知識があるわけではなかった。漠然と武装を施していると耳にしているだけだった。

彼の視点では、船団とは海軍部隊が警護するものであって、彼らの自衛手段にそれほどの関心はなかった。このあたりの認識の違いは世代的なものであったかもしれない。

重巡高雄の水偵は船団の周囲を一周したが、船団の船舶工兵たちは日本海軍の艦隊が接近していることで、その士気は否応なく高まった。

二月一一日一〇〇〇。

船団に高雄の水偵が到達した頃、第一四航空戦隊では出撃準備を整えていた。

雪鷹型は艦攻三機を搭載することになったため、一式戦爆が四八機から四五機に減らされていたが、空母雪鷹と嵐鷹の二隻で九〇機の戦爆を搭載していた。

そこで船団上空を常時警戒するため、時間差を置いて空母一隻から一五機ずつ飛ばすことにしていた。これで船団上空には常に三〇機の一式戦爆が滞在できるようになる。

ここで問題となるのは航空機用燃料の消費量で、これに伴い貨物船一隻がドラム缶に航空機用燃料を満載して補給する段取りもなんとかつけられた。

理想を言えば、航空機燃料用のタンカーがあればいいのだが、さすがにそこまでの手配はつかなかった。

「戦闘となると相手は重爆だろうが、戦爆の火力で大丈夫か？」

浅川司令官は湯浅《ゆあさ》先任参謀に確認する。

浅川司令官は雪鷹型空母誕生に深く関わってきたが、もともとは海軍航空とあまり縁はなかった。軍令部の作戦のなかで、いかに戦備を充実させるかというところから話は始まっていた。

　これに対して湯浅先任参謀は航空畑の人間で、浅川にとってはかけがえのない相談役だ。

「そこは大丈夫でしょう。二〇ミリ機銃が四丁というのはかなり強力な火力です。それに一部の戦爆には新型機銃が採用されています」

「新型機銃？」

「銃身を延長し、銃弾の直進性を向上させた型です」

　それで浅川も思い出した。航空本部からの依頼で、そんな機体が各空母に三機配備されていたのである。

　湯浅先任参謀は新型機銃と言ったが、正確にはやや異なる。航空本部は陸攻の防御火器の火力強化と戦爆の成功により、ある程度の対艦攻撃能力を持たせるために三〇ミリ機銃の研究を始めていた。

　基本的には、開発期間の短縮のための二〇ミリ機銃の拡大版である。この開発計画の基礎データを得るために改良型の二〇ミリ機銃が作られ、雪鷹などに配備され、実戦データを集めようとした。

「戦爆に三〇ミリ機銃などいるのか？」

　浅川にはそこがわからない。いまは艦隊勤務で軍令部とも離れているので、最近の情勢には疎くなったと彼も感じていた。

「航空本部の知人によると、戦爆の火力を強化して局地戦に転用する案が進んでいるそうです。本命の局地戦の開発が遅れているのと、戦爆と局地戦の機種統合ができれば生産や人材育成に有利ですから」

「なるほどな」

浅川は納得した。思えば商船改造空母から逓信省型貨物船と海軍内部でも標準化、規格化についての理解は深まった。そうした文脈からすれば、戦爆と局地戦の機種統合は理解できる話だ。

「局地戦開発のためにも、この作戦は負けられんな」


二月一一日一〇三〇。

潜水艦スタージョンは索敵任務についていた。一九三八年就役の本艦は、米海軍でも新鋭艦と言えた。さらに先の戦闘での戦果（はじつは失敗であったが）もあって、日本軍部隊が侵攻するであろう領域に配備されていたのである。

そんな彼らは、いま興奮状態に包まれていた。

「武装商船だ。マランの重爆隊を追い払った連中だぞ！」

スタージョンのライト艦長は、水平線に見える船影を双眼望遠鏡で読み解いていく。天候は荒天というほどではないが、視界は必ずしも良好とは言いがたい。ただ、それはお互いさまだ。

こちらも接近しなければ相手がわからないが、相手もこちらを発見しにくい。それでも、こちらのほうが小さいだけ有利とは言える。

スタージョンはこの時、浮上していた。アメリカの潜水艦で二〇ノットの速力が出せるようになったのは、スタージョンの同型艦からだ。これは作戦遂行の上で重要な利点となっている。

「敵船団は八隻、大型武装商船、砲塔は二基、カタパルトらしきもの認む、護衛艦隊は認められず、繰り返す、敵船団に護衛なし！」

スタージョンはさっそくこのことを司令部に打電する。確かに護衛部隊は見当たらないが、二度にわたって航空攻撃を受けた船団が護衛なしで航行するとも思えない。じっさい船団の針路はバリ島とはずれている。

考えられるのは、護衛部隊との邂逅を急いでいる場合だ。だとすれば船団を全滅させるなら、いまがチャンスだ。

「兵器長、あの船団を攻撃する」

司令塔からライト艦長は発令所に命じる。

「攻撃ですか！」

「敵船団が友軍と合流する前に全滅させたい。ならば、ここで行き足を遅らせる必要がある。一隻でも仕留めてな」

幸いにも天候は小康状態となり、海面も穏やかになった。襲撃するならこのチャンスを生かさなくてはいけない。

司令塔で見張りについている将兵を艦内に収容し、敵船団に向かう。潜航前に潜望鏡で敵を確認する。

だが船団は、ここで大きく針路変更を始めてしまう。気がつかれたのか、それとも定期的な乙の字運動かはわからない。

ライト艦長は、しばらく船団の動きを潜望鏡から読み取っていた。

彼は自分たちの状況を理解していなかった。すでに司令塔には見張りは一人もおらず、外界を確認できるのは潜望鏡だけ。そして、その潜望鏡は船団しか見ていない。

司令塔に突然、銃弾が撃ち込まれたのはその時だった。潜水艦の船殻は装甲板ではない。高張力鋼にすぎないが、それに対して二〇ミリ機銃弾が撃ち込まれたのだ。

ライト艦長は重傷を負い、さらに銃弾は船体にも命中する。彼らは上空警戒にあたる戦爆からは隠れようもない状態であり、なおかつ、スタージョンにはそれを知る術がない。

副長が指揮を引き継ぎ、急速潜航を命じたが、それは致命的な失敗だった。潜航する体勢を示したことで戦爆は、なおさら銃弾を撃ち込んでくる。

すでにバラストタンクと空気タンクにも孔があき、潜水艦は浮力を調整することができなかった。バラストタンクは空気が漏れて無制限に海水を注入し、それを排除するだけの空気圧は残っていない。

さらに、船体のあちこちから漏水が始まった。艦は艦尾方向が重くなったため、急激に傾斜し始めた。こうなると、ダメージコントロールを行うことも難しい。

艦尾方向から沈んだ潜水艦は海底に突き刺さるように着底したが、その衝撃で船体は艦尾部より破断してしまう。

こうして潜水艦スタージョンは不完全な報告をしたまま沈没した。

3

二月一一日一一〇〇。

「敵軍に対し航空隊により奇襲攻撃をかける」

レイトン司令長官に迷いはなかった。

ＡＢＤＡ艦隊が敵の船団を直接攻撃できるまでには、まだ数時間が必要だったが、その頃には日本艦隊と合流してしまう可能性がある。

ＡＢＤＡ艦隊をもってすれば、日本艦隊を撃破するのは容易《たやす》いだろう。しかし、自分たちの最終目的は日本軍の侵攻を阻止し、その勢力を南方域から排除することにある。

そうであるならば、現段階で必要以上に戦力を危険にさらせない。いまは日本艦隊との正面からの戦闘は避け、輸送部隊などの弱い部分を叩く。

その上で戦力が弱体化した日本艦隊と戦えば、決定的な勝利を得ることは可能だろう。

それならば、護衛戦力のない武装商船は航空戦力で叩くべきだろう。確かに武装商船を攻撃するために米空母や陸軍航空隊が攻撃し、失敗したが、経験の浅い米空母や陸軍航空隊では結果が出せなくても仕方がない。そもそも彼らは相手が武装していることも知らなかった。

しかし、いまは違う。まず我々は、相手が武装商船であることを知っている。だからこそ、適切な戦い方がわかっているはずだ。

「空母インドミタブルより三六機、出せばよかろう」

レイトン司令官はそう判断した。八隻の商船に過剰に航空機を投入しても意味はない。

艦隊にある二隻の空母、フォーミダブルとインドミタブルは同型艦であるが、四番艦のインドミタブルは格納庫が二段になり、積載機数がフォーミダブルの三六機に対して、インドミタブルは七二機に増えていた。

三六機の攻撃隊を一八機と一八機にしてもいいが、この程度の部隊で空母二隻にまたがるのは指揮統率の面で煩雑《はんざつ》になる。それよりインドミタブル一隻で完結させたほうが合理的だろう。

レイトン司令長官が強気なのは、艦載機が以前とは異なっているからだ。

攻撃機は複葉機のソードフィッシュではなく、全金属単葉のフルマー戦闘機である。フルマー戦闘機は攻撃機としての能力も具現しており、ここは日本海軍の戦爆と同じであったが、戦闘機を攻撃機化した戦爆に対して、フルマーは爆撃機に戦闘機能力も持たせた点で違っていた。

それ以上に重要なのは戦闘機の改善だった。二隻の空母の艦載機はスピットファイアを艦上戦闘機化したシーファイアだ。F4F戦闘機も悪い戦闘機ではなかったが、イギリス軍としてはシーファイアの速度性能に信を置いていた。

これにより船団は撃破できる。この時、誰もが攻撃の成功を確信していた。


二月一一日一一三〇。

物事には運不運というものがある。この時のABDA艦隊航空隊は、まさに不運としか言いようがなかった。

まず、この段階で第一四航空戦隊と船団の距離はかなり接近していた。それでも上空警戒の戦爆は、燃料満載で出撃していた。敵との遭遇を意識してである。ただこの段階では、帰還機も燃料には余裕があった。

そして不運なのは、船団上空を警戒していた戦闘機隊が交代するタイミングだったことだ。ほかの機会なら一五機しかいないのだが、交代するタイミングでの数分間は三〇機が上空に集まる。

これは本当に不運としか言いようがないのであるが、上空警護をする時に直援機がゼロになる状況を作らないようにするのはセオリーである。そして、空母と船団が接近するにしたがい、交代時に直援機が倍増する頻度が高くなるのは必然であった。

不運の決定的なものは、ＡＢＤＡ攻撃隊は船団上空には直衛機もなく、護衛艦隊がないと知らされていたことだ。もちろん前方警戒は行うのであるが、それでも敵機が現れるとは考えていなかった。

この時、交代で到着した戦爆部隊一五機は、船団を大きく迂回して、いままで直援任務にあたっていた部隊が母艦に向かって移動してから、船団上空に到達することになっていた。

その迂回している時に、敵部隊が前方を横切るのが見えたのである。

エンジン馬力に余裕のある戦爆は、シーファイアに勝る速度を叩き出せた。さらに、攻撃部隊はフルマー戦闘爆撃機に速度を合わせねばならないため、全体の速度は低い。

交代部隊の戦爆隊は一度上昇すると、つるべ落としにＡＢＤＡ攻撃隊の後方から銃撃を仕掛けた。

戦爆隊は直感でフルマーを重点的に攻撃した。奇襲であり、なおかつ運動性能に劣るフルマー戦闘爆撃機は次々と撃破されていく。

シーファイアはすぐ反撃に出ようとするが、襲撃した戦爆隊は一度下に抜けると、再び急上昇に転じた。

シーファイアの指揮官は、状況はわからないが自分たちは罠にはまったと考えた。それでもシーファイアの性能をもってすれば、日本軍機を撃墜するなど容易いと考えていた。だから、彼らは急上昇する戦爆を追った。

戦爆は急降下爆撃のエアブレーキも兼ねるフラップで運動性能を改善するようになっていた。いまここで、そのフラップが効果を発揮する。

戦爆はシーファイアが予想しなかったような軽快な動きで反転すると、そのまま彼らの後ろに入った。速力では若干だが戦爆が上回る。戦爆はそこでシーファイアに銃弾を叩き込んだ。

とはいえ、シーフィアも歴戦の勇者である。一方的に撃墜されるような機体ではなかった。脇が甘い戦爆乗りは、たちどころにそこを突かれて銃弾の洗礼を浴びた。

それで撃墜された戦爆もあったが、損傷を受けつつ飛び続ける機体もあった。急降下爆撃機では対空火器の弾幕を突破することが必要との判断から、エンジンや操縦席には装甲が施されていたのである。

ただ、この装甲はかなり異質な発想の産物だった。直接的な装甲板は三ミリ程度しかない。機体はまず隙間を作ったジュラルミンの外皮と内皮を経て、装甲となる構造だった。

想定しているのは砲弾の破片である。それはジュラルミンの外皮と内皮を通過する間にエネルギーをかなり失い、最後の三ミリの装甲板を貫通しても、エンジンを破壊できるだけのエネルギーは残っていないという理屈だ。これで軽量かつ乗員とエンジンを守れる構造になるわけだ。

もっともこれも妥協の産物であり、万能ではないが以前よりは強くなる。それだけ搭乗員の生還率も高くなる。だから、命中しているはずなのに意外に撃墜できない。

それでもシーファイアは、とにかく自分たちを襲撃してきた戦爆を阻止していると思っていた。だが、逆であった。シーファイアは戦爆との戦闘で、フルマー爆撃機と切り離されてしまっていたのだ。

そして、船団に接近したフルマー爆撃機は、先ほどまで上空警護にあたっていた直衛機の一団と遭遇する結果となった。帰還準備中の戦爆隊もフルマーを撃墜する程度の燃料の余裕はある。それらはフルマー爆撃機に殺到していった。

フルマーはソードフィッシュより洗練された機体に見えたが、機体重量に対してエンジン出力が低いという問題があった。それは速度と運動性能に直結した。

ほとんどのフルマーが銃弾を受け、撃墜されていく。撃墜されないものは爆弾を捨てるように投下し、反転して帰還していく。

しかも、この時点で武装商船の対空火器も動き出す。戦闘機により対空火器の密度の高い領域に追い込まれて撃墜されるフルマーも現れた。結果として三度目の船団襲撃は、やはり失敗に終わった。

戦爆は三機を失ったが、シーファイアは四機を失い、フルマー爆撃機に至っては対空火器の支援もあって、一八機のうち一二機が失われる結果となった。

二月一一日一一四五。

空母インドミタブルから出撃した三六機の航空隊は、船団上空の日本軍機により戦闘機、爆撃機合わせて一六機を失うという結果に終わった。

それは船団の対空火器の支援があったとしても、レイトン司令長官にはとうてい納得できる話ではなかった。そもそも、対空火器があると言っても商船ではないか。それがどうして、攻撃に失敗してしまうのか？

アメリカ海軍から参謀として派遣されている将校は「事前の情報収集に問題があったためでしょう」などと言うが、作戦失敗後に言われても意味はない。

潜水艦スタージョンからは一切の応答がない。攻撃から帰還した何機かは、海面に大量の重油が浮かんでいた海域があり、浮遊物が認められたという報告をしている。位置と状況から、それは潜水艦スタージョンであろうと思われた。

つまり、潜水艦は不正確な情報を報告し、自身は沈められ、艦隊は攻撃に失敗したということになる。

「こうなっては敵空母を撃破するよりない」

レイトン司令長官はそう決断した。自分たちにも空母はあり、艦載機もまだ補用機も使えば一〇〇機近い戦力がある。

どうやら敵空母は交代で船団の上空警戒にあたっているようだが、それは空母を攻撃する側としてはチャンスであった。空母の直衛機は少ないはずだからだ。

「敵空母が船団との邂逅を急いでいるのなら、敵空母はおそらく、ここにいるだろう」

レイトン司令長官は海図の一点を指さす。

「日本軍機の航続力など、たかが知れているからな。敵部隊がやってきたのがこの方位なら、最短で飛行するならこのあたりだ」

だが、それには参謀長が異を唱えた。

「これ以上、失敗は犯せません。まず敵の正確な所在を探るのが先決ではないでしょうか」

「慎重だな、参謀長。しかし、君の意見にも一理ある。戦艦、巡洋艦の偵察機を飛ばし、まずは索敵にかかろう」

こうしてＡＢＤＡ艦隊の戦艦と巡洋艦から、それぞれ水偵が飛び立った。


二月一一日一一四五。

第一四航空戦隊の浅川司令官は、船団が空母艦載機の襲撃を受けたことを重く受け止めていた。これはすぐ艦隊司令部にも報告され、近藤司令長官も戦艦部隊の合流を急ぐ旨を返信してきた。

浅川司令官は、状況は一刻の猶予もならないと思っていた。互いの空母の存在を知ったからには早晩、空母戦となるだろう。そのためには先に敵空母の所在を発見する必要がある。

「船団はこの方位から攻撃されました。ですから、敵空母はこの周辺にいると考えるべきでしょう」

湯浅先任参謀が海図を示す。ここで浅川司令官が悩むのは、索敵に何を出すべきか？

敵空母の存在はわかっている。四〇機近い艦載機を投入するからには大型空母だ。大型正規空母がいるなら、周辺の艦艇も相当な規模だろう。

そうだとすると、九五式偵察機を投入するのは不安が残る。撃墜されてしまう恐れがある。

九七式艦攻も選択肢としてはあり得るが、これは相手艦隊によっては貴重な雷撃手段であり、やはり危ない橋を渡らせるには躊躇《ためら》いがある。

「爆装した戦爆二機を索敵に出す」

「爆装してですか」

「発見したら攻撃する。まずは空母の飛行甲板だ。それを潰せば、後の戦いはかなり違う」

こうして二機の戦爆が出撃した。

4

二月一一日一二一五。

日本艦隊とＡＢＤＡ艦隊はくしくも同時に索敵機を出したのだが、飛ばした飛行機の種類が違っていた。このことは二つの艦隊の運命を決定的に変えてしまった。

まず水上偵察機と戦闘機では、戦闘機のほうが速度で勝る。爆装した戦爆はさすがに速力が下がってしまうが、それとて水上機よりは速い。

そしてこの時、レイトン司令長官も浅川司令官も、敵艦隊の位置については正しい推論をしていた。そのため先に敵を発見するかどうかは、索敵機の速度差が決めた。

敵艦隊を先に発見したのは、第一四航空戦隊を出撃した二機の戦爆であった。

この時点でＡＢＤＡ艦隊は集結していたが、じつは厄介な問題をいくつか抱えていた。特に後から合流したイギリス艦隊とそれ以外の間で顕著だったのは、諸々の打ち合わせができていないことだった。

旋回半径にしても、軍艦の特性により異なる。そうしたことを打ち合わせないと複雑な艦隊運動はできない。一国の海軍でも旧式新式の艦艇が混ざった時には、そうした調整が必要だ。

まして四カ国以上の国が参加している艦隊となれば、こうした調整は不可欠で、レイトン艦隊が合流する前の戦力ではその調整は終わっていた。

ところが、その調整が済んでいないレイトン艦隊と合流したことで、じつはＡＢＤＡ艦隊は現時点では単縦陣で進むことを強いられていた。時間があれば解決のつく問題だが、その時間がなかったのだ。

これに伴うもう一つの問題は、英米のレーダーの相互干渉問題だった。正確にはレーダーが相互干渉を起こしてることに互いに気がついていなかった問題だ。

米海軍の重巡洋艦ヒューストンのレーダーは波長が長い比較的旧式のレーダーなのだが、それがイギリス艦隊の対空レーダーに干渉し、互いのレーダー感度が極端に低下するタイミングがあった。

これはレーダーの位置関係にも影響されるのだが、単縦陣で航行している関係から、干渉が起こるタイミングも軍艦で異なっていた。

そして彼らにとっての不幸は、ＡＢＤＡ艦隊がいまの陣容になって、空からの敵襲を受けていないことだった。

いくつかの軍艦は確かに接近する二機の戦爆の姿を捉えていたが、レーダーの干渉により機影が消えたり戻ったりを繰り返していた。

レーダーの不調は誰もが感じていたため、これが敵機とは誰も思わなかった。どのレーダー搭載軍艦も、自分たちの対空レーダーの不調であると考えていた。つまり、ほかの軍艦のレーダーは正常に機能すると思っていた。

だが、現実は互いの干渉である。戦爆をレーダーで捉えながら、誰も敵襲を報告しないので、自分たちの捕捉したものは機械的トラブルと判断したのだ。

これはコミュニケーションの問題だが、当初のＡＢＤＡ艦隊ではレーダー搭載が重巡洋艦ヒューストン一隻だったことが問題の所在をわかりにくくした。これとて、あと少しの時間的余裕があれば解決がついたはずだが、すべてが遅すぎた。

二機の戦爆は迎撃戦闘機もないなかを、空母フォーミダブルと空母インドミタブルに接近する。やっと反応したのが直援機のシーファイアであった。しかし、すでに戦爆はＡＢＤＡ艦隊の陣容と場所を報告していた。

二機の戦爆は空母フォーミダブルとインドミタブルに向かって分かれた。

まず空母フォーミダブルに向かった戦爆は、相手の反応が遅れている間に急降下による爆撃姿勢を示し、見事に成功させた。爆弾は飛行甲板に駐機中の航空機も巻き込み、飛行甲板は火の海となった。

これに対してインドミタブルに向かった戦爆は、一機のシーファイアに発見されて攻撃を受ける。ここで爆弾を捨てるなら、シーファイアへの反撃は十分可能であった。

だが、その戦爆はなによりも爆撃を優先した。そのため戦爆はおびただしい銃弾を受けて姿勢を崩したが、爆弾は捨てず、墜落しながらも機体を操縦し、飛行甲板に体当たりした。

爆弾は投下されていないので信管の安全装置はついたままだったが、燃料が半分以上残っている機体はそれ自体が爆弾であった。

飛行甲板で出撃準備中のイギリス軍機が、この爆発により次々と誘爆を起こす。そして、飛行甲板はやはり火の海となった。

5

二月一一日一二三〇。

空母二隻に先制攻撃を仕掛けるという、浅川司令官の思惑が的中したことの報告を受けた頃。戦艦ラミリーズから発進した偵察機が、船団とそれに合流しつつある第一四航空戦隊および第四水雷戦隊に到達した。

水偵一機に過ぎなかったことと、船団の上空にも九五式偵察機を送っていたこともあり、誰もその存在に注意を向けていなかった。それが敵機とわかった時、すでにそれは誰にでもわかるまで接近していた。

すぐに直援機により撃墜されたが、船団と護衛部隊の位置関係はこれによりＡＢＤＡ艦隊にも明らかになってしまった。

しかし、この時点ではまだ部隊は近藤司令長官の第三戦隊をはじめとする増援部隊との合流を果たせていなかった。

結果として、レイトン司令長官は日本軍の船団護衛は空母こそ脅威だが、有力軍艦はほかにいないと判断した。空母二隻は沈んではいないし、航行に支障はないが、空母としては当面使用できない。だから空母戦となれば不利だ。

しかし、戦艦プリンス・オブ・ウェールズの時と違い、自分たちには有力艦艇が多数ある。ならばこのまま突っ込んで、敵船団と艦隊を全滅させるべきではないか？

それが彼の結論だった。

彼は全艦艇に対して対空戦闘準備を命じた。ただ、陣形の転換はかなり手間取った。運動性能などを十分に打ち合わせていなかったためだ。

戦艦二隻と空母四隻をほかの巡洋艦などで囲むように配置するまで意外に手間取ったが、なんとか輪形陣は形になった。

そうして彼らは日本船団に向けて航行する。

空母二隻が被弾したことは、ＡＢＤＡ艦隊にとって意外な効用を生じていた。レーダーの干渉が解決したのだ。これは重巡洋艦ヒューストンが先頭を航行していることが大きかった。

そして、重巡洋艦ヒューストンのレーダーは航空隊の接近を察知した。一三〇〇のことであった。

二月一一日一三〇〇。

敵艦隊に発見されたことで、浅川司令官の決断は早かった。

空母はとりあえず戦力外なので、攻撃の主軸は戦艦リヴェンジとラミリーズの二隻に集中することとした。戦艦が最大の脅威なのと、空母が無力化され、戦艦も戦力外に持ち込めたら、敵艦隊は撤退するという計算ももちろんある。

しかし、それ以上に大きかったのは、雪鷹型空母で戦艦を撃沈できるのかどうか。それを確かめたかったのだ。

ここで空母雪鷹と嵐鷹の戦爆に装備されたのは、軽量航空魚雷だった。軽量航空魚雷は正式には九八式航空魚雷という呼称があるのだが、艦政本部と航空本部の所管争いの余波から、正式名称よりも軽量航空魚雷で通じていた。

艦攻も搭載していたが、第一次攻撃隊には加えなかった。軽量航空魚雷の実力を確認したいのと、運用面で第二次攻撃隊である必要性があるからだ。

第一次攻撃隊を爆装、雷装した戦爆のみで固めると先鋒としての運用が楽なのだ。

艦攻を出撃させる場合、爆弾も魚雷もない戦闘機状態の戦爆を警護にあてる必要がある。それだけ運用が難しくなる。先鋒が突破口を作った時に、それを拡大することが艦攻には期待されていたのだ。

こうして戦爆三〇機は一六機が雷装し、残りは爆装していた。

第一次攻撃隊が敵艦隊に接近すると、敵艦隊は比較的遠距離から砲撃を仕掛けてきた。それは重巡洋艦ヒューストンのレーダーが彼らを発見したからだった。

戦艦と空母の四隻を巡洋艦と駆逐艦が二重の輪形陣で守っていた。それはかなり強力な陣形に見えたが、上空から見れば弱点も明らかだった。

それらは外周を駆逐艦、中の輪形陣を巡洋艦が守っていたが、米海軍の駆逐艦は主砲が高角砲になる両用砲装備で、対空防御能力が高かった。

それに対してイギリス、オランダの駆逐艦は対空戦闘能力が低く、オランダ海軍の場合、巡洋艦についてもそれが言えた。

これは常に日本海軍との戦闘を意識していた米海軍と、ヨーロッパ最大の水上艦艇部隊を持つイギリス海軍、そして基本的に植民地の治安維持を任務とするオランダ海軍の艦艇に対する要求仕様の差であった。

したがって、個々の軍艦や駆逐艦に対空戦闘能力の差があることは避けがたかった。しかし、それでもいま彼らは日本海軍と戦わねばならない。

上空の戦爆の編隊には、米海軍の対空火器が激しければ激しいほど、オランダ海軍艦艇の対空火器の薄さがきわだって見えた。

攻撃隊はその方向から外周を抜け、オランダ海軍の巡洋艦の対空防御を突破した。輪形陣のそれぞれの領域をそれぞれの国が担当するようにしたためだ。多国籍軍で指揮を容易にするには、そうして国ごとに固めるのが一番だが、艦艇の性能の違いがエリアごとに露呈することになってしまった。

　そうして戦爆隊は戦艦リヴェンジと戦艦ラミリーズに接近した。さすがに戦艦の対空火器は重厚だった。しかし、低空を這うように進む一群と、急降下を仕掛けてくる一群の両方には対応できなかった。

　戦艦の対空火器は、急降下する戦爆を主たる標的に選んだ。低空を這うように侵入する戦闘機に脅威など感じなかったためだ。その戦爆が爆弾のようなものを抱えているのはわかったが、低空で飛んできて爆撃などするわけはなく、爆撃のためには上昇しなければならない。

　戦艦の乗員たちは、この爆撃機は低空を飛行して対空火器をかいくぐろうとしていると解釈した。つまり標的は別にあり、自分たちは通過点であると。

　これにより雷装した戦爆はほとんど無傷のまま戦艦に接近し、軽量航空魚雷を投下できた。それらは電池魚雷であった。

　飛行機で標的の手前まで運ばれるのであるから、雷速や航続力はそれほど必要ない。さらに、重量二五〇キロのなかで弾頭重量を稼ごうとしたら、機関部は圧縮されることになる。

　戦艦の側から見れば、自分たちが雷撃されたというより、敵機が爆撃を失敗したように見えた。それよりも爆撃機である。

　じじつ二隻の戦艦にはそれぞれ八機の爆撃機が、急降下爆撃を仕掛けていた。対空火器で撃墜された機体もあったが、命中弾も出ていた。

　二五〇キロ爆弾で戦艦が致命傷を負うことはなかったとはいえ、戦艦リヴェンジも戦艦ラミリーズも旧式戦艦であり、対空防御が十分とは言いがたい。砲戦にはそれなりに耐弾性はあっても、空襲には意外に弱い。

そのため命中弾は上甲板を貫通し、艦内で爆発した。これがあったため、雷撃隊についてはそれどころではなかったということもあった。

そして、軽量航空魚雷が命中する。さすがに炸薬量が少ないので、それ自体が致命傷になるほどの損傷は与えられなかったが、それでも命中箇所を中心に浸水が起きていた。

重要なのはリヴェンジで四箇所、ラミリーズで五箇所の命中があったことだ。通常の航空魚雷なら致命傷になっている。

ただ、左右両舷から命中したために隔壁閉鎖と注水で、艦の平行はなんとか維持できる。しかし、これにより速力は著しく低下した。また、戦艦のレーダーもこの攻撃で使用不能となった。つまり、艦隊でレーダーが使えるのはヒューストン一隻だ。

日本軍機は去っていったが、戦艦二隻は中破していた。速力は低下し、浸水も深刻だ。それでも主砲は無事であり戦闘力は残っている。

むしろ、あれだけの航空機が戦艦二隻を集中して攻撃したのに、この程度で済んでいることは、レイトン司令長官らを楽観的な気分にさせた。

日本艦隊の最大の戦闘力があの空母二隻なら、できる攻撃はここまでだ。自分たちを阻止することはできない。それが彼の考えだった。

「敵航空隊、接近中！」

そうしたなかで重巡洋艦ヒューストンからの報告が入る。一三四五のことであった。

二月一一日一三四五。

第一四航空戦隊の第二次攻撃隊は戦爆三〇機だった。その内容は雷装八機、爆装二二機であった。軽量航空魚雷の備蓄が、それで尽きてしまったためだ。

敵艦隊に接近するにつれ、戦艦二隻から立ち上る煙が見えた。しかし、戦艦はまだ浮いている。

「あとひと押しだ！」

攻撃隊の指揮官はそう考え、再度、戦艦二隻に攻撃を集中することとした。

重巡洋艦ヒューストンからの報告により、二隻の戦艦は対空見張りを強化した。

レイトン司令長官の決心とは裏腹に、末端の乗員たちの士気は低い。戦闘力はあるとはいえ、多数の爆弾を受けて艦内では火災が起きており、機関部は生きていても雷撃の惨状は覆いがたい。

なによりも敵が一方的に攻撃するなかで、こちらは日本軍に何もできていないのだ。さらに、二隻の戦艦リヴェンジとラミリーズ、二隻の空母フォーミダブルとインドミタブルの動きが、この報告では違っていた。

空母側は自分たちがまったく反撃できないことから戦艦部隊と行動をともにしていたが、敵編隊が戦艦に向かっているとのさらなる報告から、距離を置くために針路変更を始めた。

これは部隊の判断としては妥当であった。そして、輪形陣はこうした事態にも迅速に対応できる陣形であった。だが、多国籍の部隊の集まりであるため、運動特性の調整ができていなかった。

二隻の空母の針路変更に対処しようとしたオランダ海軍と米海軍艦艇の一部は、輪形陣の中に大きな間隙を生む結果となった。その間隙は航空機からはっきりとわかる。三〇機の攻撃隊は、その間隙から戦艦に突進した。

雷撃隊は四機一組に分かれ、戦艦リヴェンジとラミリーズに向かった。第一次の攻撃により対空火器の一部も使用不能となっていた。そこに四機の戦爆が迫る。

次々と軽量航空魚雷を投下し、それらはすべて命中するには至らなかったが、それぞれ三本が命中した。

それらは対空火器が沈黙していた方向からの攻撃であるため、命中箇所も狭い領域に固まっていた。弾頭が小さいとしても、それが三箇所も命中すれば甚大な被害になる。

まず、爆発による水圧と衝撃波で隔壁が決壊した。これにより二隻の戦艦は傾斜し始めた。

さらに機関部への浸水が起きたことで、主機は動いていても一部の補機が動かなくなった。これにより一部の電源が停止し、対空火器で動作不能に陥るものが出た。

それでもすべての対空火器が止まったわけではない。しかし、攻撃する側から見れば、対空火器が動いていない場所は明らかだ。爆装した戦爆は、そこから再び爆撃を繰り返す。

電源が止まり消火装置も働かないなかで、それぞれの戦艦が六発以上の爆弾を受けた。傾斜した戦艦はすでに炎を吹きながら停止寸前だった。そこで残った戦爆は再び二隻の空母に爆撃を行い、鎮火していた火災を再燃させた。

この時点で、レイトン司令長官は将旗を重巡洋艦コーンウォールに移していた。一四五五のことであった。

6

二月一一日一九五五。

レイトン司令長官は将旗をコーンウォールに移したことを後悔していた。二隻の戦艦は、日本軍空母の攻撃により沈んでしまった。いっそ自分もあのまま戦艦もろとも沈んでしまえばよかったと思うのだ。

結果的に日本軍空母の攻撃は三度行われ、重巡洋艦ヒューストンと重巡洋艦ドーセットシャー、重巡洋艦エクセターの三隻が爆撃により沈められた。中破している二隻の空母を仕留めなかった理由はわからない。

それでも空母はどう見てもドック入りが必要であり、本国まで回航しなければならない。それは大変な負担となる。だから放置する。ドック入りするなら、それはもはや戦力として考える必要はない。

戦艦と空母がいなくなるなら、次に攻撃すべきは重巡洋艦である。おそらくはそんな計算ではないだろうか。

しかし、小型空母による攻撃では継続力に限度があるのか、三度の攻撃が限界であったようだ。だからこそ、自分はこうして生き残っている。

いまは完全に夜になっている。これ以上の航空攻撃はないだろう。

現状の戦力は、重巡洋艦一隻に軽巡が三隻だ。ほかに駆逐艦が一〇隻ほど。オランダ海軍の巡洋艦が二隻別行動をしていたが、それと集結し、戦力の再編をしなければならない。

そんなことを考えている時、四隻の巡洋艦は突然、サーチライトに照らされた。

「何をしている！」

レイトン司令長官は怒鳴った。敵がいるかもしれないのに不用意に何をしているのか！

しかし、それと同時に水平線が光り、ほどなく周辺に水柱が立ち昇った。

「敵襲だと！」

敵は空母とばかり思っていただけに、夜間に砲撃を仕掛けられるとは思わなかった。

彼はいま、艦隊にはレーダーを装備した軍艦が一隻もいないことに思い至った。だから気がつかなかったが、日本艦隊はずっと自分たちを追撃していた。

そして、空母を攻撃してこなかった理由もやっとわかった。速力が低下し、足手まとい気味の空母がいれば艦隊の速度もそれに合わせねばならない。そうしている間に敵主力は自分たちに追いつけるわけだ。

攻撃は砲撃だけではなかった。自分たちをサーチライトで照らしている駆逐艦から雷撃が行われた。軽巡洋艦マーブルヘッドと軽巡デ・ロイテルの舷側に魚雷が命中した水柱が立ち昇った。

ただし、サーチライトで巡洋艦を照らしている日本海軍の駆逐艦も集中的な砲撃を受けていた。敵を浮かび上がらせる戦術は、まさに命がけだ。

そして、軽巡洋艦トロンプに戦艦の砲弾が直撃する。軽巡洋艦は激しく炎上し始めた。

さらに、重巡洋艦コーンウォールにも戦艦の砲弾が直撃する。駆逐艦群が日本軍に雷撃を仕掛けようとするが、それは第四戦隊の重巡高雄と愛宕により阻止される。

重巡洋艦の砲撃は的確に駆逐艦の接近を阻み、それらは撤退を余儀なくされた。

後にバリ島沖海戦と呼ばれる海戦は二月一一日の二〇五五に駆逐艦部隊の完全撤退により終了した。

この後も、残存するオランダ海軍の軽巡ジャバとオーストラリア海軍の軽巡パースによる小規模海戦は行われるが、この二隻もその後に投降し、日本海軍の二等巡洋艦として活用されることになるのであった。

（次巻に続く）

VICTORY NOVELS ヴィクトリー ノベルス

最強戦爆艦隊(1)

死闘！ マレー攻略戦

2022年1月25日 初版発行

著 者 林 譲治
発行人 杉原葉子
発行所 株式会社 電波社
〒154-0002 東京都世田谷区下馬6-15-4
TEL. 03-3418-4620
FAX. 03-3421-7170
http://www.rc-tech.co.jp/
振替 00130-8-76758

印刷・製本 三松堂株式会社

ISBN978-4-86490-214-4 C0293

戦記シミュレーション・シリーズ

ヴィクトリーノベルス
絶賛発売中!!

VICTORY NOVELS

帝国時空大海戦

1 新機動艦隊誕生！

2 全面戦争突入！

就活に失敗した男が歴史を変える!?
昭和日本に最新兵器が続々登場！

羅門祐人
定価：各本体950円＋税